姉に悪評を立てられましたが、何故か隣国の大公に溺愛されています

自分らしく生きることがモットーです

咲宮

JN107812

23719

角川ビーンズ文庫

contents

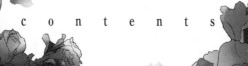

レイノルト・リーンベルク
フィルナリア帝国の大公。
商談のためセシティスタ王国に滞在中
姉に悪評を立てられましたが、
何故か隣国の大公に溺愛されています
自分らしく生きることがモットーです
レティシア・エルノーチェ
セシティスタ王国のエルノーチェ公爵家の四女に転生。
癇癪持ちでわがままという悪評がある

カルセイン・エルノーチェ

エルノーチェ公爵家の長男。キャサリン以外の姉妹を軽蔑している

ベアトリス・エルノーチェ

エルノーチェ公爵家の長女。傲慢で自分勝手という悪評がある

エルノーチェ公爵

セシティスタ王国の宰相

エドモンド

セシティスタ王国の第一王子。カルセインとは同い年

キャサリン・エルノーチェ

エルノーチェ公爵家の三女。四姉妹唯一の常識人

リリアンヌ・エルノーチェ

エルノーチェ公爵家の次女。ぶりっ子で自由奔放という悪評がある

リトス

フィルナリア帝国の侯爵家次男で商人。
レイノルトの友人

characters

本文イラスト／あのねノネ

プロローグ

エルノーチェ公爵家《こうしゃくけ》。

私が転生したのは国内でも高位の貴族だった。公爵である父は国の宰相《さいしょう》を務め、長男であるカルセインはその跡《あと》を継《つ》ぐためにも現在は補佐《ほさ》をしている。

二人の業務は多忙《たぼう》で、家に戻《もど》ることは年々少なくなっていった。

エルノーチェ家は一男四女の子宝に恵《めぐ》まれたが、四人の姉妹《しまい》の評判は最悪そのものであった。ある一人を除いて。

「気分ではないわ。そのドレスは下げて」

「ですが先程《さきほど》までこちらにすると……」

「まぁ！　侍女《じじょ》ごときがこの私に口答えするつもり⁉」

「そ、そんなつもりは」

長女ベアトリス。

傲慢《ごうまん》で自分勝手な彼女が朝から侍女を振《ふ》り回すのはいつものこと。むしろこれくらいは序の口で、機嫌《きげん》が悪いと手がつけられなくなる。二十四歳になってもその態度が変わることはない。

「うーん、リリーこっちにする！」

「そのドレスだと品がないのでは……」

「なぁに？　文句あるの？」

「あ、ありません」

次女リリアンヌ。

脳内お花畑で異性を射止めることしか考えていない。二十二歳になっても自分の世界から抜《ぬ》け出す様子はなく、ぶりっ子気味な所がある。社交界のマナーはとっくに身に付けているはずなのに、そんなことはお構いなしに自由奔放《ほんぽう》に振る舞《ま》っている。

「きゃっ」

「キャサリンお嬢様《じょうさま》！　お怪我《けが》はございませんか？」

「だ、大丈夫《だいじょうぶ》よ。……ごめんなさい、レティシア。貴女《あなた》の道を塞《ふさ》いでしまって」

「……いえ」

「全く気性《きしょう》が荒《あら》いですね。いつもキャサリンお嬢様にあたるのですから」

「私は平気よ、レティシアの気が済むのなら。それに、癇癪《かんしゃく》を起こされるより私が我慢《がまん》する方が良いでしょう？」

三女キャサリン。

悲しげな声色《こわいろ》でそう告げる。その姿は優《やさ》しい姉そのものに見えるだろう。社交界の評価がそれを物語っており、二十歳《はたち》になっても彼女には悪評が一切《いっさい》存在しない。だが、一連の行動が自作自演ということを侍女は知らない。

四女レティシア。

癇癪持ちのわがままな末っ子。これが社交界での私の評価。

しかし、どれ一つとして本当の私には当てはまらない。癇癪を起こしたことも無ければ、わがままを言った覚えもない。それなのに悪評と呼べるこの評価が広まったのには、意図的な悪意があったからである。

その悪意の持ち主こそがキャサリンだと断言できる。

社交界で彼女は、エルノーチェ公爵家姉妹唯一の常識人と呼ばれている。『性悪な姉二人とわがままな妹の面倒《めんどう》を見る苦労人』というのが社交界の評価だ。

しかし私は知っている。その評価は意図的にキャサリンが作り出していることを。

確かに上の姉二人は性悪だ。それは間違《まちが》いない。だが、キャサリンが二人の面倒をいつ見たと言うのだろうか。一緒《いっしょ》になったパーティーで、行動しようとする姉達にいかにもという様子で「お止《や》めください」と一言言う、それだけなのに。それ以上止めようと努力することも、苦言を呈《てい》することも決してしない。その後気分を害した姉がキャサリンの傍《そば》を離《はな》れれば、偽《いつわ》りの言葉で苦労しているアピールを開始するのだ。それはまるで悲劇のヒロインのように。

このどこが面倒を見ているというのだろうか。苦労するようなことは一切していないというのに。つまり、姉達もまた、キャサリンが好印象を与えるために利用されているということだ。

上の姉二人に同情はしないが、正直言ってこの三女が姉妹の中で最も厄介《やっかい》だと言える。理由は簡単。私に関《かか》わってくるから。長女ベアトリスと次女リリアンヌは良くも悪くも自分第一なために、わざわざ妹に関わろうとはしない。

しかし、キャサリンは違う。

とにかく四女の私を利用する。その手法は言うまでもなく卑劣《ひれつ》なもの。

けれども私は抵抗《ていこう》せずにそれを受け入れている。社交界の評価など興味が無いからだ。

私はとにかく自立をして、早くこの家を出たい。そして面倒な姉達と縁《えん》を切り、一人静かに平穏《へいおん》に暮らしたい。現在十八歳。成人とされる二十歳を迎《むか》えたら、すぐさま独り立ちする予定をたてている。

これは私が転生してから現在に至るまで揺《ゆ》らぐことのない決意。

姉達の影響《えいきょう》を受けなかったのは、私にある前世の記憶《きおく》が作用していた。

そもそも何故《なぜ》彼女達があのように育ったのか。その原因は母にある。

母の一般《いっぱん》的な評価は、悪女と聖女に二分される。

気に入らなければ格下の令嬢に当たり、格上の令嬢でも必要があれば容赦《ようしゃ》なく蹴落《けお》としたという悪行は数えきれない。

しかしその行為《こうい》が表沙汰《おもてざた》になることはなかった。母は決して証拠《しょうこ》を残さずに、陰湿《いんしつ》に行っていたからだ。

その上表では圧倒《あっとう》的な美貌《びぼう》を生かして振る舞うため、聖女のような人柄《ひとがら》を演じていたという。当時一部では『聖女の皮を被《かぶ》った悪魔《あくま》』と言われるほどだった。

その悪魔は聖女のふりをしたまま父と結婚《けっこん》をした。そして私達が生まれた。

母は父の前では聖女の姿を貫《つらぬ》き通すが、子どもの前では本性を現す。と言っても、私に実害はなかった。ただ母が傲慢で思慮《しりょ》に欠けた振る舞いをするだけで。

その姿を見て育ったのが、私達四姉妹。受けた影響は計り知れないだろう。

私はそんな母から学び決意したことがある。それが『あんな大人にはならない』ということだった。

前世の記憶があったからこそ、母が普通《ふつう》ではないことは理解していたし、普通が何かわかっていた。そして成長した姉達がいかに厄介か推測できる。

だからこそ、私は家を出ることを心に決めた。

第一章……夜会での日常

四人も女子が家にいると常に騒々《そうぞう》しいのだが、パーティーや夜会に出席する人が複数いるとさらに騒《さわ》がしくなる。

それに加えて今日開催《かいさい》されるパーティーは、年に数回しかない王家主催《しゅさい》のものだ。そのため姉達の力の入れ具合がいつも以上に強くなっている。

「この化粧《けしょう》は何⁉　気に入らないわ！」

「申し訳ございません！」

ベアトリスの怒号《どごう》が飛ぶ。

「やっぱり別のドレスにしようかなぁ」

「リ、リリアンヌお嬢様。今お召《め》しのドレスが一番お似合いです」

「そぉ？」

やれ化粧が気に入らない。やれドレスが気に入らない。こんなことは日常茶飯事《さはんじ》で、侍女達は機嫌を取るのに一番労力を使っている。

とっくに準備を終えた私は、姉達の準備が整うまで自分の部屋で待機していた。というのも、姉妹《しまい》が全員参加するパーティーの時は揃《そろ》ってから出発しているので、待たされるのはいつものことだった。

「今日はいつも以上に時間がかかる気がしますね」

「かかるでしょうね」

「それに比べてうちのお嬢様は即断《そくだん》即決……むしろ悩《なや》んで欲しいくらいです」

「じゃあお姉様達のように駄々《だだ》をこねましょうか」

「冗談《じょうだん》にございます。今のままでいてください」

私付きの侍女《じじょ》であるラナは、この家で唯一《ゆいいつ》信頼《しんらい》できる存在。

エルノーチェ家全体で雇《やと》っている侍女は多い。しかし三人の姉に人員がさかれ、私の面倒を見ているのはラナだけになっている。

「そう言えばお嬢様。先日またキャサリンお嬢様に絡《から》まれました」

「そう。お姉様のことだから『レティシアに仕えるのは大変でしょう。いつでも私に相談して』かしら」

「いえ。最近はより酷《ひど》くなられてましして」

「そうなの？」

「はい。新人の侍女達の前で『レティシアにぶたれたと聞いたわ。頬《ほお》は痛まない？』と聞かれました」

「……ここまでくると虚言癖《きよげんへき》ね」

私が嘘《うそ》を訂正《ていせい》しないのを知って、あることないことを周囲に吹《ふ》き込む姿は今に始まったことではない。この演じる姿を考えると、社交界での母に最も似ているのはキャサリンではないかと思ってしまうのだ。

「言い返す気力も無かったので。ただ一言、大丈夫《だいじょうぶ》ですとだけ」

「お疲《つか》れ様」

通常であれば仕える主《あるじ》の名誉《めいよ》のために反論するものだが、それが無意味で時間の無駄《むだ》だとわかっている私はラナに無視するよう命じている。

ラナは社交界に疎《うと》く、エルノーチェ家のことをよく知らないまま侍女として採用された。そしてすぐに私付きの侍女となったために、悪評を耳にしたのは仕えた後だった。

「最近侍女の間では、またキャサリンお嬢様《じょうさま》の株が上がっているんですよ」

「へぇ」

興味なげに相槌《あいづち》を打つ。

「四姉妹の中で断トツに仕えたいお嬢様と言われています。他《ほか》は業務が過激で大変だと」

キャサリンの凄《すご》いと思う所は、侍女にまで徹底《てってい》して天使のような振《ふ》る舞《ま》いをしているということ。一体いつ本心を吐《は》き出して素《す》に戻《もど》っているかはわからないが、ここまで演じきる姿はある意味称賛《しょうさん》に値《あたい》するだろう。

「私からすれば、お嬢様が比べるまでもなく大当たりですけどね」

「確かに。業務は過激じゃないから」

「過激なんてとんでもない。手がかからなすぎて、本当にご令嬢かと疑うほどです」

中身は転生者だから、生粋《きっすい》の令嬢でないことは確かだ。

「だからお嬢様の悪評を聞いた時は驚《おどろ》いたんですよ。誰《だれ》の話？　と思うほど別人で」

「あはは……」

苦笑いせざるを得ない。

普通、悪評や自身にとって不利な噂《うわさ》や嘘は火消しをするのが貴族として当然のこと。

それをやらずに長らく放置した結果定着したのだから、評判は嘘偽《いつわ》りのないものと受け取るのが正しい。

「何度も聞きますけど、火消しをするつもりはもうないんですよね？」

「ええ」

即答で頷《うなず》く。

そもそも気が付いた頃《ころ》には火消しができないほど、私の悪評は定着していた。上の姉二人の姿が人々を納得《なっとく》させる要因となり、苦労人として知られるキャサリンの言葉が強い影響力となったことで、どうにもできないところまで達していたのだ。

「火消しをしてもしなくても、私の未来には関係ないもの」

「本当に出ていかれるんですか？」

「もちろん」

「考え直す気は？」

かなりの頻度《ひんど》でラナはそれとなく翻意《ほんい》を仕掛《しか》けてくる。もちろん心配してくれているのはわかっているが、それでも譲《ゆず》れない決意がある。

「ない。それはラナが一番わかっているでしょう」

「そうですね。お嬢様の逞《たくま》しさを見たら本当に一人で暮らしていけそうで、変に安心しますよ」

早く自立したいという話を嫌《いや》というほどラナは聞かされている。思い止《とど》まるよう説得してくれるものの、理解した上での応援《おうえん》もしてくれる。良き理解者だと思う。

「本当は今日だって、パーティーなんか出ずに稼《かせ》ぎに行きたいくらいなのに」

「お気持ちはわかりますけど、王家主催ですから」

貴族である限り、義務は果たさなくてはいけないだろう。

「……やはりベアトリス様達は時間がかかっていますね」

「気合いを入れたくなるのはわかるけれど、入れる方向を間違《まちが》えていると思うわ」

「そうですね」

「それにしても王家主催というだけで、どうしてここまで張り切るのかしら」

「お嬢様。お嬢様は興味がないのでご存じないかもしれませんが、今日は来賓《らいひん》が豪華《ごうか》だと聞いています」

「……へぇ」

「なにより王子様方に会えるのも、最近では機会が限られますから」

姉達は幼い頃から結婚適齢期《けっこんてきれいき》にあたる現在まで、王子妃《ひ》になるという高望みをし続けている。それ故《ゆえ》に、未《いま》だ姉達の誰にも婚約者はいない。

「確かに周りが結婚していけば焦《あせ》る気持ちもわかるけれど、それなら視野を広げるべきじゃないかしら」

当然この助言は無意味なので、本人達に告げることはない。

結局出発できたのはパーティーに間に合うかどうかのギリギリの時間であった。

既《すで》にほとんどの貴族が会場で交流を始める中、私達はようやく到着《とうちゃく》した。

そしてそのまますぐに王家への挨拶《あいさつ》へと向かう。

存在感の強い真っ赤なドレスを身に纏《まと》うのがベアトリス。ブロンドの髪《かみ》は緩《ゆる》やかに巻かれている。

リリアンヌはふんわりとしたピンク基調の華《はな》やかなドレスを着ているが、フリルが多くて甘すぎる印象を与《あた》える。だが、確かにお似合いと言える。ベアトリスより暗いブロンドの髪をツインテールにしている。

キャサリンは青を基調とした、品のあるドレス。髪色は父親に似たプラチナブロンド。

私のドレスは紫《むらさき》と白を基調にしたものだが、デザインはそれほど派手ではない。ホワイトブロンドの髪色は、姉妹の中でも一番色素が薄《うす》い。

先に到着して待機していた父、兄と合流する。

「揃っているのか」

そう尋《たず》ねたのが父エルノーチェ公爵《こうしゃく》、その後ろに無言で立っているのが兄カルセイン。

「お父様ぁ。私は殿下《でんか》と婚約したいのです。今日こそ頼《たの》んでいただけますよね？」

「リリアンヌ、でしゃばらないで。婚約するのはこの私よ？」

王家主催《しゅさい》のパーティーがある度《たび》に始まる二人の主張。もう見飽《みあ》きたものだ。

王家には二人の王子がいる。

第一王子は優秀《ゆうしゅう》でとても穏《おだ》やかな方と言われている。二十三歳の同い年である兄とは、幼い頃から関《かか》わりがある。

第二王子も優秀な方らしいが、剣《けん》一筋で騎士《きし》となったために王位継承《けいしょう》権は早々に放棄《ほうき》した。年齢《ねんれい》は第一王子とは三歳離《はな》れた二十歳《はたち》。兄弟の仲は良好と聞く。ちなみに姉達は王位を継《つ》がない第二王子には一切《いっさい》アピールをしない。権力にしか興味がないと言っているようなこの行動は、姉達らしいと感じている。

二人とも成人しているが、婚約者はまだいない。だから姉達は第一王子と婚約して、自分こそが王子妃になるという欲を捨てきれずにいるのだ。

この件に関しては二人の姉だけでなく、キャサリンも関わってくる。ほぼ確実に、彼女もその席を狙《ねら》っているから。悲劇のヒロインを演じる理由はここにある。

明らかにベアトリス、リリアンヌに比べて印象が良くなるからだ。

「……お父様、順番かと」

「わかった」

さすがの姉達も国王陛下の前では大人しくしており、時間をかけずに挨拶を済ませることができた。

しかし問題はここから。第一王子に向けて令嬢《れいじょう》達の個人的なアピール合戦が幕を開ける。

私は毎回巻き込まれないように人気《ひとけ》のない場所へ避難《ひなん》する。だが恐《おそ》ろしいことにキャサリンは私を毎回捜《さが》し出すのだ。撒《ま》こうとしても「うちのレティシアを見ませんでしたか」と情報を集めて見つけ出す。無駄な抵抗《ていこう》だとわかっていても近くにいたくはない。

避難を始めようと思案していると、既にベアトリスとリリアンヌはそれぞれ第一王子に絡《から》み始めていた。よくやるなとある意味感心しながら、そそくさと壁《かべ》の隅《すみ》っこに移動した。

壁を背に二人の姉を観察すると、王子が熱烈《ねつれつ》な視線を軽くあしらう様子が見て取れた。

自分には無縁《むえん》の世界だと切り替《か》えると、社交界とは全く関係ないことを考え始める。

（明日《あした》は食堂のバイトか……働き始めて二年は経《た》つけど、未《いま》だに賄《まかな》いは飽きないな。本当に店長が作るものは美味《おい》しいからなぁ）

数年後の自立を見据《みす》えて、実は資金作りのために普段《ふだん》は街で働いている。

社交界に足を運ぶのは憂鬱《ゆううつ》そのもの。楽しいことを考えないとやっていられないのだ。

（……喉渇《のどかわ》いた）

少し離れた場所に置かれた飲み物を見つけると、取りに行こうと動き出してすぐに足を止めた。

目の前にキャサリンが立っていたのだ。

キャサリンには対処法が存在する。といっても私独自の方法だけど。

それは、話にはしっかりと耳を傾《かたむ》けて、心の中でのみ反応し続けるというもの。

はっきり言って聞き流すのが一番だが、これはエルノーチェ家内での話だ。

非常に面倒《めんどう》なことに、社交界でキャサリンに絡まれると、観衆が現れる。そのせいで眠《ね》気《け》と戦う必要が出てくる。彼女の話はそれだけ中身のないものばかりだが、人前で相手の話を聞かずにうとうとするのは失態となってしまう。

失態をさらしたとなれば父にまで話が届く。そうなると謹慎《きんしん》を受けることになり、稼ぎに行けなくなるのだ。これだけは何としても避《さ》けたい。

キャサリンの言葉に反応すれば、眠気がやってくることはまずない。悪態は内心に留《とど》める。これは前世の私がやっていたことだが、今世でも身についているようだ。

「レティシア……」

深刻そうな表情で近づいてくるキャサリン。

周囲に聞こえるギリギリの声で話すのもキャサリンがよく使う手法だ。

「今度こそはって……思ったのだけれど」

悲しげな表情から感じるのは、また始まったというあきれのみ。

「今度こそは良いドレスを選べたと思ったの」

(貰《もら》ってないですね)

「数ヶ所のお店を見て回って、それでやっといいものを見つけたの……」

(それはご自分のドレスのことですよね)

キャサリンからドレスを贈《おく》られたこと自体は何度もある。しかし、彼女が選ぶドレスは悪趣味《あくしゅみ》なものばかりで、とてもパーティーに着て行けるドレスではないのだ。その上、今回キャサリンは自分の用意に多くの時間を割《さ》いたこともあり、ドレスを贈る暇はなかった。

言い返さないのを良いことに、キャサリンの虚言《きょげん》がまた始まった。

「レティシアに……似合うと思ったのだけれど」

(それはどのドレスのことだろう。フリルにフリル、もはやフリルでできた、へんてこりんなドレスかしら。それとも金銀を使って派手さを重要視したデザイン性皆無《かいむ》のドレス？もしかして露出《ろしゅつ》の多い品のないドレスのことではありませんよね。ご冗談《じょうだん》を）

「……ごめんなさいね」

（まずは人に贈る前に、ご自分で着られたらいかがでしょうか。お姉様でしたら着こなせるでしょうから。きっとお似合いになられますよ）

俯《うつむ》くキャサリンを慰《なぐさ》めることはせずに、心の中で無感情のスマイルを向けた。キャサリンに同情するような視線と、私を咎《とが》めるような視線が少しずつ現れ始める。周囲の目には、今日もキャサリンは不出来な妹を優《やさ》しく諭《さと》す姉と映るだろう。反論し、キャサリンの化けの皮を剝《は》がすことを考えたことがないわけではない。だが、社交界デビューした時から貴族達の私を見る目は、まるで私は悪評そのものだと決めつけるような視線だった。

その時悟《さと》ったのだ。

噂《うわさ》や一方の話だけを鵜呑《うの》みにするような者達など、こちらからお断りだと。

父と兄の時もそうだった。

幼い時以来、数年ぶりに会ったある日。開口一番に放たれた言葉は「何故《なぜ》キャサリンに当たるんだ？」であり、兄に至っては初めから軽蔑《けいべつ》の視線を向けて、私側の意見を聞く素振りもなかったのだ。自分勝手に判断するような父や兄とわかり合う必要はないと即座《そくざ》に判断するには十分だった。

その気持ちは今でも変わらない。

話が尽《つ》きたのか、キャサリンの様子から茶番劇が終わる雰囲気《ふんいき》を感じた。

「……きゃあっ‼」

しかし、どうやらそれは思い違《ちが》いのようで、キャサリンが一人で後ろによろめいた。

まるで私に押されたと言われんばかりの動きである。

「何をしている、レティシア」

「……大丈夫《だいじょうぶ》かい？　キャサリン嬢《じょう》」

「お兄様、殿下……」

（うわぁ、出た。できれば関わりたくない面倒な人達……）

キャサリンの背後から、茶番劇に役者が二人登場した。

物腰柔《ものごしやわ》らかな声色《こわいろ》でキャサリンに安否を問うのは、我《わ》が国セシティスタ王国第一王子エドモンド殿下。王家特有の青い髪は夜会でも目立つ。端整《たんせい》な顔立ちは、令嬢達からの人気も頷《うなず》ける。

その隣《となり》で嫌悪《けんお》の視線を向けるのが兄であるカルセイン。王子の隣だというのに霞《かす》むことなく存在感を放つ美男子で、睨《にら》み付ける表情さえ周囲の令嬢達は美しいと言うほどだ。

「キャサリン、怪我《けが》はないか」

「お兄様、私なら平気ですわ」

(長丁場にするのは勝手ですけれど、時間の無駄《むだ》という言葉はご存じないのかしら)

「レティシア、何をした」

「お兄様、レティシアは悪くありませんわ。……私の言い方が悪かったかと」

(お姉様、会話のキャッチボールってご存じで？　一応私に聞いたと思いますけど)

キャサリンは作り上げた自分の苦労が伝わるように、押されるまでの経緯《けいい》を話した。

「キャサリン嬢、間違いや過《あやま》ちを咎めることは悪いことではないよ」

「あぁ。それを認めない方に問題がある」

「殿下《でんか》、お兄様……」

(凄《すご》いな。普段はまともと思われる御《お》二方なのに、キャサリンお姉様の話を鵜呑みにするのだから。双方《そうほう》の……私の言い分は聞いたことがないもの)

しかしこれに関してはカルセインの場合、生《お》い立ちに原因があると感じている。

今でこそ父について私達姉妹《しまい》や家に寄り付かない生活だが、当然幼少期は異なっていた。

母は家の中だと父にしか猫《ねこ》を被《かぶ》らず、カルセインには素《す》を見せていたため、彼は母親の性格を理解できていた。そして悪影響《あくえいきょう》を受けたかのように育ったベアトリスとリリアンヌを目の前に、エルノーチェ家に対する嫌悪が増幅《ぞうふく》していった。

私が生まれる前のことは知らないが、気が付いた頃《ころ》にはカルセインはキャサリン以外の

私達三人を軽蔑していたと思う。

キャサリンが兄にどう取り入ったかは不明だが、私の悪評は姉二人と母の悪影響を受けて育ったから、と言えば誰《だれ》もが大いに納得《なっとく》ができる。何せ前例が二つもあるのだから。

「でも、私の言い方がきつかったのは事実ですから……本当にごめんなさい、レティシア」

（そう思うのならば絡《から》まないでいただけると幸いです、お姉様）

「キャサリン、相手にするだけ無駄だ。放《ほう》っておくのが一番だ」

「お兄様いけません。私はレティシアの姉ですよ？　見捨てるだなんて」

（お兄様の意見に賛成です）

「それでもだ」

「お兄様……」

「……取《と》り敢《あ》えず、今日はもう良いのではないかな」

（殿下グッジョブ。役に立つこともあるんですね）

エドモンド殿下の一言に納得する素振りを見せたキャサリンは、二人に連れられてその場を後にした。

私に残ったのはいつも通り、周囲による侮蔑《ぶべつ》の視線だ。

（……そう言えば喉渇いたんだった）

ようやく茶番劇から解放された私は、視線を気にせず飲み物を取りに向かった。

今頃《いまごろ》キャサリンはお兄様か殿下と踊《おど》っていることだろう。いつもその流れなのだ。毎度飽《あ》きずによくやるなぁと思いながらも、それだけエドモンド王子の婚約者《こんやく》になりたいという執念《しゅうねん》が強いことがわかる。その行動力に改めて感心しながら、よく頑張《がんば》ったと自身を内心で労《ねぎら》った。

(……あれ？　緑茶みたいなものがある)

飲み物が置かれる場所にひときわ目立つ存在が。緑の透明《とうめい》な飲み物、あれはもしかしたら緑茶かもしれない。それが目の前にあることに驚《おどろ》きを隠《かく》せない。

セシティスタ王国には紅茶はあっても、緑茶は存在しないのだ。今までは他国から輸入もしていなかった。前世ゆかりのものに再会した気分になり、気持ちは高ぶった。

(飲もう！)

迷わず手に取ると、一口飲んでみる。口の中に広がるのは覚えのある味だった。

(……美味《おい》しい。やっぱりこれは緑茶だ！)

その味は前世の記憶《きおく》でしかないはずなのに、体まで喜びを感じていた。久しぶりに故郷《ふるさと》に戻《もど》った、そんな感覚に襲《おそ》われると心が一気に穏《おだ》やかになった。茶番劇の疲労《ひろう》が嘘《うそ》みたいに消えていく。

緑茶を堪能《たんのう》していると、突然《とつぜん》声をかけられた。

「緑茶《それ》はお気に召《め》しましたか、レディ」

レディ。そのような言葉をかけてもらったことなどない私は、自分のことだと思わず邪《じゃ》魔《ま》にならないように立ち去ろうとした。

「おや、お気に召しませんでしたか」

(これが家でも飲めたらなぁ)

「レディ？」

(茶葉は探せば売っているんだろうけど、自立に備えて貯金をしないといけないし、今の稼《かせ》ぎではそれ以上の余裕《よゆう》がない。家のお金は絶対使いたくないから……我慢《がまん》かな)

「……失礼しますレディ」

(……？)

先程《さきほど》から誰かに話しかけていた男性は、いつの間にか背後から目の前に移動していた。

「……私のこと、ですか？」

「はい。周囲に他《ほか》に人はいないので、気が付かれると思ったのですが」

「あ……」

言われるがまま見渡《みわた》せば、ホールの中央に人が溢《あふ》れかえっていた。飲み物はホール内を歩く王家の使用人から貰《もら》っている人がほとんどで、設置された隅《すみ》の場所に来る者はいなかった。

「これは失礼いたしました」

声をかけてきた男性はとても端整な顔立ちで、何かはわからないが彼の存在自体が眩《まぶ》しいように感じた。私の髪色《かみいろ》とは対照的に黒い髪は夜空に溶《と》け込むほど暗いのに、何故《なぜ》か輝《かがや》きを放っていた。これが俗《ぞく》にいうオーラなのだろうか。

（……なんか発光してる？）

「いえ、私の方こそ配慮《はいりょ》が足りませんでした」

キャサリン関係で話しかけられることしかなかったために、目の前の男性を不思議そうに見る。一体何の用だろうと。

「えっと……私になにか」

「我が国の特産品である緑茶を手にしていらしたので、つい声をかけてしまいました」

「あ……そう、でしたか」

なるほど、緑茶の生産地の方か。ということは他国の人であるため、私の悪評は知らないという所だろう。さすがに他国にまで響《ひび》いていたら驚くが、そうでない可能性にどことなく安堵《あんど》した。

「セシティスタ王国の方々にとっては、目新しいものでしょうから。好みはわかれるでしょうし、そもそも手に取っていただけないと思っていたので」

「……とても美味しいですよ」

「そうですか、それはよかった」

爽《さわ》やかな笑《え》みを向ける男性。

悪意も侮蔑もない、純粋《じゅんすい》な笑みに少し新鮮味《しんせんみ》を感じてしまう。夜会やパーティーでは特段人と関《かか》わることを避《さ》けるため、こうした何気ない会話さえも珍《めずら》しいものに感じる。

「ホールには行かれないのですか」

「あぁ……少し疲《つか》れてしまいまして」

(今日の茶番劇はいつも以上に長かったから……少し疲れた)

「……なるほど」

慣れない会話を試みる気はなく、早々に元居た場所へ戻ろうとした。

「……では」

(早く一人になりたい)

会釈《えしゃく》をして立ち去ろうとすると、何故か引き留められる。

「お待ちをレディ。よろしければ少し話し相手になっていただけませんか?」

「え」

(嫌《いや》です、面倒《めんどう》なのでお断りします……どうやって断ろう?)

予想外の提案にぴくりと左頬《ひだりほお》が動く。少し表情が崩《くず》れて本心が表れてしまった。その変化に驚いたのか、男性も目を丸くしてしまった。しかしそれも一瞬《いっしゅん》で、再び微笑《ほほえ》みを浮《う》かべながら言葉を続けた。

「実はダンスが苦手でして。せっかくの夜会に一人でいるのもなんですから。……よろしければ」

(別に話すことなんてないのに……それに一人って案外いいものなんですよ)

「あ……ご迷惑《めいわく》、でしたかね」

「……」

(本当は頷《うなず》きたい所だけど我慢しよう。また姉に捕《つか》まったり、断って場所を移動したりするのは面倒だから、嫌だけど付き合おう)

本心としては一人静かに過ごすことを望んでいたが、あらゆる角度で考えた時、最善は申し出を受け入れることだと判断した。

「私でよろしければ」

(少しの間の辛抱《しんぼう》よ、レティシア！)

「よかった」

安堵の笑みにさらなる眩しさを感じながら、足をとどめることにした。

「レディ、ちなみにダンスはされましたか？」

「……私も苦手なもので」

「では、婚約者の方としか踊らないのでしょうか」

「まだ婚約者はいないので、踊らずに済んでいます」

(作る予定もないし)

教養として社交界のマナーや作法はもちろん、ダンスも身に付けてはいる。学べるというありがたい環境《かんきょう》は、利用しないともったいないというのが私のスタンスだ。

「おや。婚約するご予定はないのですか」

「姉がおりまして。差し置いてするわけにもいかないので、今は特に何も考えていません」

(それに悪評のせいで貰い手はいないから、婚約の話が持ち上がったこともないな)

「初対面でする話ではありませんでしたね。失礼しました」

「いえ……」

(初対面でする話がわかりませんのでご安心を。話題が尽《つ》きたならこの場から解散していただいて構わないのですが)

どこにも届かないであろう小さな願いは、心の内側に静かに沈《しず》んで消えた。

恐《おそ》らく社交辞令の範囲《はんい》内で、当たり障《さわ》りのない会話を目指しながら言葉を交《か》わした。最近の天気から始まり、お茶の好みなどが話題に上る。

会話に集中していると、いつの間にか時間が経《た》っていたことに気が付かなかった。

「我《わ》が国には、緑茶以外にも珍しい茶葉があるんですよ」

「そうなのですか」

(それは気になる。機会があったら飲んでみたいな)

もしかしたら緑茶以外にも懐《なつ》かしい味に出会えるのでは、という淡《あわ》い期待をする。

夜会も終了《しゅうりょう》の時間を迎《むか》え、この場も解散することになった。

「……レディ、私の名前はレイノルト・リーンベルクです。最後にお名前を聞いてもよろしいでしょうか」

「失礼しました、名前も名乗らずに……」

（そう言えば名乗ってなかった……！）

「いえ、それはお互《たが》い様ですから」

「レティシア・エルノーチェです、お見知りおきを」

この時私は名乗っていないという事実に気を取られて、男性の名前を聞いていなかった。具体的にいうと家名を聞き逃《のが》したのだが、もう関わることはないだろうと思い確認《かくにん》することをしなかった。

その考えが大きく外れることを、私はまだ知らない。


帰宅用の馬車に乗り込む。

「レイノルト、お前どこにいたんだ？　途中《とちゅう》から姿が見えなくなって焦《あせ》ったぞ。仮にもフイルナリア帝国《ていこく》の大公で来賓《らいひん》なんだから、変に目立つなよ」

「ああ、すまないリトス。興味深いことがあってな」

「気を付けろよ。いくらフィルナリア帝国がセシティスタ王国より大国でも、いつどこで何があるかわからないんだからな」

そう軽く咎《とが》めるのは、パーティーに同伴《どうはん》させた友人のリトス。侯爵《こうしゃく》家の次男として生まれた彼は割と自由に生きている。商会を立ち上げた彼は、今回セシティスタ王国に特産品の緑茶を輸出するために交渉《こうしょう》しにきた張本人だ。

「ふっ」

先程《さきほど》までの会話を思い出して笑みがこぼれる。

「……は？　お前、今笑ったのか？　いや、そんなわけない。万年作り笑いしかしないんだからな」

同伴した友人が驚《おどろ》きのあまり動きを止めた。そんなことお構いなしに、にやけ続ける。

「いや。笑ったよ。面白《おもしろ》いご令嬢《れいじょう》がいたんだ」

「なんだそれ。詳《くわ》しく話せ」

話しかけて嫌がられたことから、自分にまるで興味がない様子まで伝えた。

「……幻覚《げんかく》見てるんじゃないのか」

「いや、存在したよ。名前まで聞いたからな」

「でも内心はそうじゃないんだろ？」

「いや。むしろ心の中では凄《すご》いあしらわれ方をしていたな」

「嘘《うそ》だろ……」

内心。リトスがそう聞くのにも理由がある。

それは自分が生まれつき人の心が読めるという体質であるから。

幼い頃《ころ》から苦しめられてきた体質も、今では慣れたものだ。

広範囲《こうはんい》で聞こえてしまうこの力は、雑音のように自分の中に嫌と言うほど届く。だが慣れてしまった今は、聞こえていても興味がなければ遮断《しゃだん》できる程度には使いこなせていた。

特定の人物の声を聴《き》くためには、視界に入れる必要がある。初めはどこからか聞こえてきた『明日《あした》は食堂のバイトか……』という不思議な言葉に惹《ひ》かれて近付いた。変わった心の声に期待して足を運べば、そこには風変わりなご令嬢がいた。貴族の女性からは耳にしない態度と言葉が連発される心の中に、夢中になるのはあっという間だった。

そして、自分との会話でもその態度が変わらなかったのだ。自分に対する興味や関心を抱《いだ》くどころか、邪魔《じゃま》ものだと言わんばかりの内心は、非常に面白くて。

初めてだった。貴族の女性で心の声に嫌悪《けんお》を抱かなかったのは。それどころか、もっと聞きたい、彼女とまだ話したいという欲が生まれるほどだった。

ちなみにリトスという人間は裏表が全くない。それ故《ゆえ》に幼い頃から唯一《ゆいいつ》気を許せる友人だ。彼は心が読めるという力について知っているし、その力に対する理解者でもある。

「お前に近付くご令嬢ってのは、必ず欲がある人間だっただろ。……それがないどころか、嫌《いや》がられるなんて。仮にも大公だぞ。そうじゃなくても顔がいいのに」

「ありがとう」

自分でも驚いている。この体質から、恋愛《れんあい》に関しては諦《あきら》めている所があったから。

第二王子だったため、王位は兄に任せて静かに大公として、独り身で生涯《しょうがい》を終えるつもりだった。

「でもまぁ、身分は知らなかったな」

「なら知ったら態度を変えるだろう」

「いや……セシティスタ王国の王子と一緒《いっしょ》にいる場面に遭遇《そうぐう》したけど、彼女、王子のことを関《かか》わりたくない面倒《めんどう》な人って言っていたんだよ」

「なんだそのご令嬢……変わり過ぎだろう」

「それが面白いんじゃないか。凄く興味がある」

レティシア・エルノーチェ。

会場に着くなり、エルノーチェ姉妹《しまい》の悪評は耳には入っていた。要注意人物として避《さ》けようとしていたくらいだ。

だが、その考えは彼女の心の声を聞いて一変する。

誰《だれ》にも媚《こ》びることなくただ正論を突《つ》き刺《さ》す。王子相手でも容赦《ようしゃ》なく毒を吐《は》く。そんな姿に興味を持った。ほんの少し会話をしただけなのに、離《はな》れがたくなるほどの感情が芽生え始めていた。

「もしかして、ついにレイノルトにも春が来たのか」

「……そうかもしれない」

ふわふわとまとまらない思考と気持ちの中で、彼女に運命を感じていた。

第二章 予期せぬ再会

キャサリンによるいつも以上の絡《から》みに加えて、夜会で初めてした男性との会話。様々な疲労《ひろう》がたまったために、家に着くとすぐに眠《ねむ》りについてしまった。

朝いつも通りに起きられたのは、早めに寝《ね》たことが大きい気がする。

「お嬢様、もう出発なさいますか」

「うん、これ以上もたもたしていると遅刻《ちこく》するから」

「今日くらい休まれても良いのに……」

「家にいたってすることは特にないでしょ」

「休むことも大切ですよ！」

ラナが心配してくれるのはありがたいが、この労働生活はもはや習慣化して、身に沁《し》みついたものでもある。

「帰ってきたら休むから。いってきます！」

「気をつけてくださいね！」

使用人の勝手口から家を出ると、急ぎ足で職場に向かう。服装はラナに似たものを着用して、かつらを被《かぶ》る。家族や使用人にばれないために、ラナのフリをする。家の者は絶対に使わないであろう、舗装《ほそう》されていない裏道を通って街に下りて行った。

「よかった、半分まで来たから間に合いそう」

食堂へ向かう途中に見える時計台で、時間を確認《かくにん》しながら歩みを緩《ゆる》めた。

何年も通う中、見慣れた通勤風景だが退屈《たいくつ》に感じることはない。あの公爵家《こうしゃくけ》にいる方が息が詰《つ》まってしまうため、外に出て見られる景色は解放感を与《あた》えてくれる。

眩《まぶ》しい日差しを感じて帽子《ぼうし》を被ると、軽く体を伸《の》ばした。

「いい天気。こういう日は労働日和《びより》よね」

食材やちょっとしたアクセサリー、食器や生活必需品《ひつじゅひん》など、様々なものを売る数々の屋台が並ぶ通りを進む。その先に職場である大衆食堂はある。

「おはようございます」

「おはようシアちゃん！」

「おぉ、来たかシア」

もちろんレティシアという名前を使えるはずもなく、適当にシアと名乗っていた。今ではすっかり愛着が湧《わ》き、何一つ違和感《いわかん》はなくなっていた。

「急いで支度《したく》してきますね」

「まだ開店前だから急がなくて大丈夫《だいじょうぶ》よ」

「はい」

この食堂はロドムさんとマーサさんの夫妻が営んでいる。ロドムさんの料理の腕《うで》は素晴《すば》らしく、どの料理も絶品。その味を好む常連客は多く、食堂は毎日繁盛《はんじょう》している。かくいう私もその料理に魅了《みりょう》された一人。この食堂で働き続ける理由の一つには、間違《まちが》いなく賄《まかな》いが入る。

「おはようサーシェ」

「おはよう〜」

サーシェは私とともに働く従業員。

彼女は私よりも働き始めが一年早く、先輩《せんぱい》という位置づけになる。けれども同い年ということもあり、本人の希望もあって楽な話し方をしている。

「ねぇ聞いた？」

「何を？」

「近々貴族の方が商談に来るって話！」

「ううん、初めて聞くかも。何それ」

「何でもロドムさんの料理の評判を聞いて、商談に来るみたいなの！」

「へぇ……」

それは困ったことになったな。

貴族の中でもレティシアは、ある意味有名なために顔を知る人は多い。かつらで髪色を隠《かく》しているとは言え、リスクは伴《ともな》うだろう。

「商談に来るのってどんな人かな」

「それが、他国の人らしいよ」

「他国？」

「うん。商売関係で街を回るみたいで、国の特産品をうちで使ってほしいみたい」

「なるほど、ということは食材かな。うち食堂だし」

「かもね」

国内の人間でないならば大丈夫だろうと思い、気にすることはやめた。

「シア、サーシェ。準備はできたかい」

「「はーい！」」

マーサさんに呼ばれると、急いで準備室から食堂の一角に向かう。朝のミーティングが始まり、マーサさんが口を開いた。

「重要な話がある。と言っても、さっき話していたと思うけれどね」

「やっぱり貴族の方がいらっしゃるんですか！」

「落ち着きなサーシェ。その話は本当だよ」

「わぁぁぁあ」

「それで、商談はいつになるんですか」

「明日《あした》だ」

「え？」

急展開に二人揃《そろ》って驚《おどろ》く。あれだけ興奮していたサーシェも、動きが固まるほどだ。

「急な話になってすまないね。お互《たが》いの可能な日程で折り合いをつけた時、明日しかなかったんだ。二人には突然《とつぜん》のことで申し訳ないんだけど、手伝ってもらえるかい？」

「もちろんです」

「助かるよ!!」

元々明日は働く予定なので、何の問題もなかった。

「明日は午前中から準備をするんだけど、いつもより早めに来てくれると助かるよ」

いつも以上の早起きが確定した所で、開店時間を迎《むか》えた。

「バタバタして悪いね。取り敢《あ》えず今日も頑張《がんば》ってくれ！」

「はい！」

開店時刻と同時に常連さんが顔を見せる。朝から賑《にぎ》わいを見せる中、気を引き締《し》めて仕事に取りかかった。

日が沈む頃《ころ》、業務を夕方からの従業員と交代して仕事を終えた。帰り際《ぎわ》にマーサさんに「明日は頼《たの》んだよ」と言われ、笑顔で頷《うなず》いた。

明日も頑張ろうと言いながらサーシェと別れると、のんびりと自宅へ向かった。


「ただいま、ラナ」

「おかえりなさいませ、お嬢様《じょうさま》。帰宅早々ですが、重大なお話が」

「重大なお話？」

帽子やかつらを外しながらラナの言葉を復唱する。

「はい。なんと、キャサリンお嬢様が第一王子の婚約《こんやく》者候補に決まりました」

「……それは正式発表？」

「そうです」

ようやく動き出した王子の婚約話。それは同時に三人の姉の戦いが、より激化することを意味していた。

「ベアトリスお姉様とリリアンヌお姉様は元気にしている？」

「それはもう、大層お怒《いか》りでしたよ」

「……これからいつも以上に騒《さわ》がしくなるわね」

「お嬢様だけは、蚊帳《かや》の外というわけですか」

「そうなりたいけど、むしろ逆かな。キャサリンお姉様は今まで以上に絡《から》んでくるんじゃないかしら。利用するために」

正式発表とはいえキャサリンの立ち位置はまだ候補。確定していない以上、パフォーマンスはまだまだ必要だろう。

「ということは、いつも以上に関《かか》わることになる可能性が」

「ええ。大いにあるわ」

「……お嬢様。あまりにも酷《ひど》い場合はお逃《に》げください。本来そのような扱《あつか》いをされて良いはずがないのですから」

「ありがとう、ラナ」

私とキャサリンの本性《ほんしょう》を理解しているラナは、度々《たびたび》キャサリンの行動に不満を告げる。心配し、支え続けてくれるラナには申し訳ないが、キャサリンに歯向かうつもりはない。候補から婚約者になってしまえば、きっと解放されるから。キャサリンは王子妃《ひ》に、私は自立の道へ。お互い関わらなくなる人生まであと少し。そう希望を強く抱《いだ》いた。

「家が騒がしくて大変だったでしょう。ゆっくり休んで、ラナ」

「それはお嬢様も同じですよ！」

「そうね。明日も早いし、今日はすぐに寝《ね》るわ」

あくびをしながら体を伸《の》ばす。

特に気に留める話でもなかったなと感じながら、明日の早起きに備えて準備を始めた。

「お嬢様、朝です！」

「はいっ」

ラナの呼び掛ける声に飛び起きると、急いで支度《したく》に取り掛かった。

いつも以上に早く起きたために、少し眠気《ねむけ》が残っていた。思えばこんなに早起きをするのは、今世初めての気がする。ラナによって朝食が運ばれてくると、眠気と闘《たたか》いながら食事を進めた。

「ごちそうさまでした。ごめんラナ、もう出発するね！」

「わかりました。お気をつけて」

昨日と同様、ラナに見送られて出勤の途《と》につく。裏道を駆《か》け抜《ぬ》けて、賑やかな屋台通りを走って通り過ぎると、サーシェの姿が見えた。合流すると食堂に急ぐ。

「「おはようございます！」」

「おはよう二人とも！　朝から悪いね、取り敢えず準備をしてきてくれ」

「「はい!!」」

とにかく時間がないという様子が二人からひしひしと伝わってくる。無駄口《むだぐち》は叩《たた》かずにテキパキ動こうと、マーサさんの下《もと》に指示を受けに行った。

今日サーシェと行うのは開店準備である掃除《そうじ》作業で、当然ながら商談に関する用意は、店主夫妻が行っていた。

数時間後、食堂の準備は完了《かんりょう》し、店内は十分すぎるほど清潔な状態になった。

あとは待つだけで、少しできた余裕《よゆう》に浸《ひた》ろうとした瞬間《しゅんかん》、大衆食堂の扉《とびら》は叩かれた。

「……来たか」

ロドムさんの呟《つぶや》きが小さく響《ひび》く。マーサさんは素早《すばや》く入り口へ向かい、相手を迎えた。

私とサーシェは店の奥にあるカウンター前で待機をした。

商談相手と思われる二つの人影《ひとかげ》は食堂に足を踏《ふ》み入れると、商談用に用意された席に着いた。

身なりの良い二人の男性が、視界に入る。

貴族と言うには少し控《ひか》えめな服装で、失礼に当たらない程度に男性達を観察する。

(もしかして、あの装《よそお》いは平民が集まる場所ってことを意識したのかしら。……ん？)

ふと、見覚えのあるような、ないような姿が見えた。でも自分に他国の知り合いなどいなかったはず……そう思考を片付けた。

「本日はお忙《いそが》しい中、応じてくださりありがとうございます」

「いえ。我々の方こそ、しがない食堂にお越《こ》しいただきありがとうございます」

男性の一人がここまで聞こえるほどハキハキと話し始める。

腰《こし》を下ろすとすぐさま商談が開始された。男性が品名を声に出しながら、品物を鞄《かばん》の中から取り出す。

「ねぇシア、あれ何かな」

品物に興味津々《しんしん》なサーシェに笑《え》みを返しながら、彼女が指さす方向を見た。

そこにあったのは、この国では見かけないはずの緑色の液体。

「凄《すご》い色をしているよね。調味料かな」

「そう……かもね」

「初めて見たな。シアはなんだかわかる」

「……わかんない、かな」

(いや、わかる。あれは間違《まち》いなく緑茶だ。……それにあの人は)

緑茶で真っ先に思い浮《う》かぶのは、先日の夜会で、緑茶を自国の特産品と述べた男性のこと。

その瞬間、背筋が凍《こお》る。

視線の先にはあの日の男性に似ている人がいた。どこかで感じた輝《かがや》かしい圧倒《あっとう》的なオーラが微《かす》かに漏《も》れ出ている。それが私の嫌《いや》な考えを確定づけた。

もう会うことはない、とどこか高を括《くく》っていた。

会う理由がないために、会わないと確定事項《じこう》として勝手に決めつけていたんだ。

今なら言える、その考えは愚《おろ》かだったと。

(……油断した)

男性を見ながら血の気が引いていくのを感じる。他国であろうと、貴族が街で労働していることを知られれば面倒《めんどう》なことになりかねない。噂《うわさ》が流れてエルノーチェ家の人間に届けば、辞《や》めさせられる可能性が出てくるからだ。そうすれば、私の自立への道はかなり厳しいものになってしまう。それだけは何としてでも避《さ》けたい。

それに、食堂の人達に貴族だと知られたくない。雰囲気《ふんいき》を壊《こわ》して働けなくなるのは嫌だ。先日夜会で初めて会った人なのだから、身構える必要はないかもしれない。けれども貴族の中には、顔を覚えることに長《た》けている人もいる。

彼の中で『緑茶を飲む珍《めずら》しいセシティスタの令嬢』と認識《にんしき》されていてもおかしくはない。

つまり、備えるに越したことはないということ。

「……シア、もしかして」

一人で頭を回転させていると、サーシェが心配そうに見つめてきた。

(もしかして……挙動不審《ふしん》すぎて関わりがあるとバレたかな)

「緊張《きんちょう》してる?」

意外な一言に言葉が詰《つ》まってしまった。

「シア、顔色悪いよ。無理はよくないから体調悪いなら言ってね」

「あ……」

本当はそうではない。青ざめている理由は別にあるのだけれど、ここはその理由にすがらせてもらおうと瞬時に頭が働いた。

「そ、そうなの。なんだかいざ目の前にすると緊張してしまって。だからその、雑務は裏方に回っても良いかな」

「もちろんだよ。本当に辛《つら》かったら、休むなり帰宅するなりしていいんだからね？」

「う、うん」

（それはさすがに心が痛む……！）

向こうに聞こえないように、耳元で了承《りょうしょう》を得た。

既《すで》に嘘《うそ》をついているのだから、仕事はできる範囲《はんい》で完璧《かんぺき》にこなさなくては。そう思いながら静かに厨房《ちゅうぼう》へ回った。

あの日と今日とでは、私の髪《かみ》色は違う。服装だってとても貴族に見えるものではない。サーシェとさほど変わらないものだから、傍《はた》から見れば私もただの従業員にしか見えない。

それなのに、何故《なぜ》だか不安はどんどん湧《わ》き起こってくる。恐《おそ》らく慎重《しんちょう》に動けと本能が告げているだけだと自分に言い聞かせるが、どこか嫌な予感がしてならない。

（……心臓が痛いなぁ）

心の中でため息をつく。暗い気分を抱《かか》えながらも、仕事を見つけて手を動かし始めた。

（午後から使う食材の下処理でもしておこう）

裏方に徹《てっ》したことが功を奏したのか、席に着いた二人の貴族と関《かか》わることはなかった。

男性達が料理を希望したため、ロドムさんは厨房に入ったが、私がしたのは料理の手伝いのみ。会話はマーサさんが、料理の給仕《きゅうじ》はサーシェが行ったため、私が彼らに近付くことはなかった。

商談もいよいよ終わりを迎《むか》え、書類をしまう音がしたことからお開きの様子を感じ取り、思わず安堵《あんど》のため息がこぼれた。

「シア、大丈夫《だいじょうぶ》？」

「うん。裏方で楽だったから、大分ましになったよ」

「それならよかった。これ残りの食器。よろしくね」

「任せて」

洗い物に集中しながら、商談相手と店主夫妻の会話に耳を傾《かたむ》けた。

「では取り敢《あ》えず、お試《ため》しで緑茶を使ってみますね」

「ありがとうございます！」

「いえ、うちの料理に不思議と合いそうだったので」

「それならよかった」

耳を澄《す》ませながら話を聞くと、どうやら商談は成立したようだった。

恐らく彼らの目的は、セシティスタ国全体での緑茶の需要《じゅよう》を高めること。貴族にも訴《そ》求《きゅう》はするが、多方面から行動を起こして損はないだろう。緑茶を食堂で提供するという案は、多くの平民に手に取ってもらうための一歩みたいだ。

何はともあれ、食堂で緑茶が飲めるようになるのは私にとっても嬉《うれ》しいこと。

喜びながらどの料理が合いそうかと想像し始めた。

「すみません、手を洗いたいのですが」

「手洗い場でしたら、厨房の奥にございます。ご案内いたしましょうか」

「いえ、お気遣《きづか》いなく。お借りしますね」

「さっきからずっと厨房の方を見ていたのはそういうことか」

「……まぁ、そんな所だよ。話したいことがまだあるだろう、リトス。私のことは気にせずに是非《ぜひ》話を続けてください」

その会話を聞き逃《のが》すほど、思考は緑茶で止まっていた。

(私でも簡単に手にできるくらい流通してくれるといいな)

楽しく妄想《もうそう》を膨《ふく》らませていられたのも束《つか》の間、最も恐れていたことが起きる。

誰かがこちらに近付いてきていたのだ。気が付いた時には、既に足音がすぐそこまで迫っていた。影《かげ》を見る限り、その正体はサーシェではなく、貴族の男性だとわかった。

(え……どうしてこっちに来ているの⁉)

驚《おどろ》きながらも、思わずお皿を洗う手を止める。

もしも話しかけられた場合、さすがに対応しないといけない。

(何の用かはわからないけど、私のことは無視してください!)

どうか知らない方でありますように、と強く願った。

「すみません」

(あぁ、終わったわ)

願いは叶《かな》うことなく、聞き覚えのある声が耳に届いた。

「少し手を洗いたいのですが、手洗い場まで案内を頼《たの》めないでしょうか」

「わ、わかりました」

仕方なく手を止めると、急いでタオルで手の水をふき取りながら応じた。ちらりとほんの一瞬《いっしゅん》ばれないように顔を見れば、先日の彼であることが確定した。確かレイノルト、と名乗っていた気がする。

なるべく目を合わさないように「こちらです」と言いながら、そそくさと案内した。

先程《さきほど》まで控《ひか》えめだったはずのオーラが、何故か発光するレベルで輝きを放っていたのを、肌《はだ》で感じた。恐らくあの紳士《しんし》的な笑みを浮《う》かべているのだろうな、と推測で表情を思い浮かべていた。

完全に油断した。そう反省しながらも不意打ちで現れた彼を手洗い場まで連れていく。

「この食堂の料理はとても美味《おい》しかったです。足を運ぶ常連さんの気持ちがわかります」

「それは、何よりです」

（お願いだから二度と来ないでください）

「店主には伝えたのですが、是非緑茶を飲んでみてください。我《わ》が国フィルナリアの特産品なんです」

「……そうなん、ですね」

（緑茶を持って来てくださったことにだけは感謝です。だけは）

「噂でも何でも、緑茶の存在を広めていただければありがたいです」

「頑張《がんば》りますね……」

（手洗い場ってこんなに遠かったっけ⁉）

終始愛想笑いを浮かべながら話を聞くことしかできない。かといって本心は表情にも声にも出せないため、いつものように心の中で吐《は》き出していた。

「こちらです！」

（早く終わってください！）

「ありがとうございます」

ようやくたどり着いた手洗い場に手を向けて案内する。彼が手を洗い始めると、そこで初めて顔を上げて後ろ姿をじっと見た。やはり見覚えがあり、レイノルト様だと思った。

しかし、洗い始めたはずの彼が予想外にも振《ふ》り向いた。がっつりと目が合うと驚きのあまり固まってしまう。その様子が面白《おもしろ》かったのか、ゆっくりと微笑《ほほえ》まれた。

(!?)

「大変申し訳ないのですが、袖《そで》を捲《まく》っていただけますか」

腕《うで》の方に視線を向けると、袖が落ちて濡《ぬ》れそうになっていた。

「……わ、わかりました」

(嘘でしょ……)

商談相手とただの従業員。私に断る権利など存在せず、引きつりそうになる表情を抑《おさ》えながら応じた。顔をなるべく伏《ふ》せながら急いで近付く。よりにもよって彼が着ていたのはシャツであったため、袖にはボタンが付いていた。

急いでボタンをはずして袖を捲る。

「すみません……」

「……いえ」

申し訳なさそうな声色《こわいろ》で言われると、抗議《こうぎ》したい思いも毒づく言葉も何故か静かに消えてしまった。捲り終えると静かに後ろへと戻るが、少し経《た》つと水の止まる音が聞こえた。

手を洗い終えた彼は再びこちらへ振り向いた。

「ありがとうございます、助かりました」

「良かったです」

これ以上目を合わせてはいけないと思い、目線を下げながら頷《うなず》いた。

「行きましょうか」

「は、はい」

動揺《どうよう》を隠《かく》すことはできず、思わず足早に厨房まで戻るとようやく解放された。

「ご案内いただきありがとうございました。では、また」

お礼を聞くと、従業員らしく頭を下げて見送った。

動揺を落ち着かせるように、食器を拭《ふ》き始めた。

(……大丈夫よね？　髪色が違うし、そもそも貴族が街で働いているなんて思わないでしょ。……うん。大丈夫よ、絶対)

彼が気付いた素振りはなかったし、バレる要素なんてない。そう言い聞かせながら心を落ち着かせた。

食器を拭き終わる頃《ころ》に、訪問者の二人は食堂を後にした。

夕方からの従業員に仕事を引き継《つ》ぐと、本日の私の業務は終了《しゅうりょう》した。

その夜は、よく眠《ねむ》れなかった。

平気だと自分に言い聞かせるものの、込み上げてくる不安を完全に取り除くことはできなかった。

(目が合った。それに至近距離《きより》でも見られちゃった。……けどどれも一瞬だから。私だと気付かないはず、よね……?)

安心できるように考えたくても結局は不安が勝ってしまう。それだけ昨日の出来事が負担になっていた。

「寝不足《ねぶそく》ですか、お嬢様《じょうさま》」

「多分……」

「本日はお仕事お休みですよね。でしたらもう一度寝直すのもアリだと思いますよ」

食堂で労働していることがバレてないかを確認《かくにん》できるまで、寝不足の原因はしばらく取り除けそうになかった。まだ午前中とは言え、不安を抱《かか》えたままの二度寝はあまり意味がない気がする。

起き上がろうとしたその時、突然《とつぜん》がしゃんと大きな物音が聞こえた。

「何か割れましたね。花瓶ですかね」

「お姉様でないといいけれど」

侍女《じじょ》のミスで済めば、家の中の静寂《せいじゃく》は保たれる。だが油断するものではない。

「嫌《いや》よ!!」

悪い予感とは当たるもので、玄関の方向から大きな声が聞こえた。せっかくの休日ということもあり、その声に思わずげんなりしてしまう。

「ベアトリスお姉様……今日もお元気なことで」

「最近は不在が多かったので、邸宅内《ていたく》は静かだったのですが……」

「私の休暇日《きゅうかび》に限って」

とは言えこの状況《じょうきょう》も慣れたもの。騒《さわ》がしいだけならまだ我慢《がまん》できる。このうるさい日常に唯一《ゆいいつ》感謝するとしたら、動じない能力が向上したことだけ。

「あれ？　でも、本日は御《お》三方とも出掛《でか》けられる予定でしたよ。ですからすぐに静かになると思います」

「ということは御三方とも揃《そろ》ってパーティーかしらね？　なら早急《さっきゅう》にご出発いただいて」

三人で参加するパーティーに限らず、基本的に、個人の家で開かれるパーティーに好意的に招待されるのはキャサリンのみ。ベアトリスとリリアンヌは無理を言って招待状を手配させることがほとんどなのだ。それでは招待と言わない気もするけど。

「失礼いたします」

何気ない会話は続かずに、扉《とびら》がノックされた。

「はい」

ラナがノック音に返事をして扉へと向かう。私も疑問符《ぎもんふ》を浮かべながら、急いでベッドから下りた。

ラナが急ぎ扉を開けると、そこに立っていたのは侍女長。

「レティシアお嬢様はいらっしゃるかしら」

「いらっしゃいますが……」

「失礼します」

（一体何事なの？）

姉の誰《だれ》かから何か言伝《ことづて》でも頼《たの》まれたのだろうかと考えていると、侍女長は最悪の用件を言い放った。

「ベアトリスお嬢様が熱を出されました」

「それはお大事にどうぞ」

「今回もわざわざ招待状を手配していただきました」

「……そう」

（侍女長がしおらしいなんておかしい。面倒事《めんどうごと》を持ってきたわね）

「無理を言って招待させたというのにこちらの都合で欠席してしまっては、エルノーチェ家に泥《どろ》を塗《ぬ》ることになるかと」

（既《すで》に泥まみれでしょ）

「リリアンヌお姉様なら喜んで行くのではないかしら」

「残念ながら、ご学友との食事で外出中にございます」

(ご学友……取り巻きの間違《まちが》いじゃないかしら)

「ではキャサリンお姉様に」

「キャサリンお嬢様は児童養護施設《しせつ》を訪問されています」

(暇《ひま》そうにしているお前とは違うんだよ、みたいな目線を感じるなぁ)

ここまでくれば、侍女長の意図はわかるというもの。

「……わかった、代理出席するわ。時間はあとどのくらい余裕《よゆう》があるの」

「一時間後に出発していただきます」

「ラナ、支度《したく》を」

「はい」

「ありがとうございます、レティシアお嬢様」

深々と頭を下げると、ベアトリス付きである侍女長は看病をしに急ぎ向かった。

「……運がないにもほどがあるわよ」

「お嬢様、どのドレスになさいます？」

「ラナが決めて。なんでもいい」

「わかりました」

投げやりな気持ちになりながら準備を始める。

「すっごく行きたくないのだけれど……どうして熱なんて出すのよ」

「ベアトリスお嬢様のことですから、本当に不本意なことだと思いますよ」

「それはわかるけれど。代理出席は招待者と親しいから成り立つものなのに」

ベアトリスが参加するパーティーのほとんどは彼女の私利私欲が絡《から》んでいるので、私とは無関係でしかない。

そして悪評を除いても状況は変わらない。まともに社交界で交流をしてこなかった私は、どこに行っても知り合いがいない。それどころか白い目で見られるほどだ。

「ただでさえ悪評まみれなのに、お姉様がぶん取ったパーティーなんて地獄《じごく》そのものよ」

「まるで尻拭《しりぬぐ》い、ですね」

「尻拭いよりたちが悪い気がするわ」

強引《ごういん》にもぎ取った招待状なのだから、本人が行くべきなのは当たり前のこと。

前には進めず後にも引けないこの状況は、常識的に生きていれば存在しない。これは非常識で自分本位なベアトリスにしか作れないものだと断言できる。

「百歩譲《ゆず》って大人しく参加するから、お給金を出して欲しいわ！」

人の時間を奪《うば》うのだから見返りを求めたい所だが、あの姉相手には無意味な願いだろう。

「決めた。主催者《しゅさいしゃ》に事の顚末《てんまつ》と挨拶《あいさつ》だけ告げたら、即刻、帰ってくる」

「それは」

「失礼だとかマナー違反《いはん》だとかはもう関係ないわ。誰かさんのおかげで、私の評価は泥まみれなんだから。これ以上何をしたって文句の言われようがないでしょう」

「……ご健闘《けんとう》を祈《いの》ります、お嬢様」

悲痛な嘆《なげ》きを部屋中に響《ひび》かせると、嫌々《いやいや》ながらに支度を進めるのであった。

即刻帰宅を胸に誓《ちか》いながら一人馬車へと乗り込むと、招待状に目を通す。そこで初めて内容を確認した。

「……なるほどね」

無理やり招待状を手配させたのも、朝から騒々《そうぞう》しかったこともそこから理解できた。

今回のパーティーは、ベアトリスと同い年の侯爵《こうしやく》令嬢であるビアンカ・フィアス様の誕生会。

フィアス侯爵家は長年にわたり王家を支えてきたいわゆる後ろ楯《だて》の一つでもある。フィアス嬢は幼い頃から第一王子、第二王子ともに親交があるというのは社交界では有名な話だ。しかし早々に幼馴染《おさななじ》みの侯爵令息と婚約《こんやく》したために、王子妃《ひ》候補には名前が挙がらなかった。

そういう背景を考えると、今回は王子が出席する確率が高いことがわかる。

恐《おそ》らく、ベアトリスがフィアス嬢と学友ということにかこつけたのだろう。実際どこまでの親交があったか定《さだ》かではないが、学友ではなく同じ学園に通っていただけの関係のような気がする。

(尚更《なおさら》、私が長居する理由がないわ)

私はフィアス嬢と当然面識がない。そんな人間に来られても困惑《こんわく》するだけだ。

(それに早く帰ればベアトリスお姉様に余計な勘繰《かんぐ》りをされずに済む。変な誤解を生まないためにも、突風《とっぷう》の速さで帰ろう)

『レティシア。貴女《あなた》私の代わりに出席したのを良いことに、殿下《でんか》とお近づきになったんじゃないでしょうね』

あの姉だからこれくらい言ってもおかしくはない。

「秒で帰ろう。秒で」


招待状を確認《かくにん》する方に経緯《けいい》を説明すると、微妙《びみょう》な顔をされた。挨拶だけですぐに帰宅する旨《むね》を述べて、ようやく通してもらった。

(姉から招待状をひったくって来たとでも思われているのかしら……はは)

自嘲《じちょう》気味に心の中で呟《つぶや》く。会場入りするだけでどっと疲《つか》れてしまった。

場内を見渡《みわた》すと、フィアス嬢が視界に入る。

(……良かった、今ちょうどお一人ね)

主役なのだから誰かと話していてもおかしくないのだが、これが本日唯一《ゆいいつ》の幸運だろう。

「失礼します、フィアス様」

「あら……？」

恐らく見覚えがあるのに名前が出てこない状況《じょうきょう》だろうが、気にせず挨拶を始める。

「この度《たび》は姉ベアトリスが体調を崩《くず》しましたので、代理として参加させていただきました。四女のレティシアにございます。無理を言って招待していただいたにもかかわらず、大変申し訳ございません」

間髪《かんはつ》をいれずに挨拶と謝罪をすると、困惑した表情を浮《う》かべた。

「その……ベアトリス様にお大事になさるよう伝えてくださるかしら」

「ありがとうございます」

私が一礼して去ろうとすると、フィアス様からは安堵《あんど》の表情が見えた気がした。

(終始疑問符が頭の上に浮かんでいらしたわね)

疲労《ひろう》を感じながら人気《ひとけ》のない出口へ足早に向かう。入り口と出口が反対の位置にある会場なので、出口に人はほとんどいない。周囲の貴族の好奇《こうき》な視線を少なからず受けながら、無視して突《つ》き進む。出口まであと少しの時に、黄色い声とともに会場内の視線が一ヶ所に集中した。思わず足を止めて入り口の方を振《ふ》り返れば、前方に人影《ひとかげ》が見えた。注視すると、そこにいたのはエドモンド殿下だった。

(帰ろう。さすがに今日は挨拶とか要《い》らないでしょ、主役じゃないんだし。知らなかったフリして帰ろう！）

意を決して再び歩き出そうとした時、誰《だれ》かが私の視界を遮《さえぎ》った。

「おや、レディ。奇遇《きぐう》ですね、レディは今お帰りですか？」

（！　……嘘でしょ）

後ろの殿下に注目していたせいで、手前にいたレイノルト様に気が付かなかった。

「……ごきげんよう」

動揺《どうよう》しそうになる声を抑《おさ》えながら、なんとか挨拶を絞《しぼ》り出した。

正装を着こなしたレイノルト様は、素早《すばや》く私の方に近付いた。

まさかの再会に一瞬《いっしゅん》体が固まり、寝不足《ねぶそく》の原因を思い出した。何を言うべきかと考え始めたその時だった。レイノルト様は固まる私の耳元にそっと近付くと小さな声であることを尋《たず》ねた。

「これから『バイト』というものをするのでしょうか？」

「………………………」

その瞬間、思考が止まった。その話題を避《さ》けることも、言い訳をすることも無駄《むだ》なのだとわかると、反射的にレイノルト様の腕《うで》を掴《つか》んでいた。

「……すみません、ちょっと」

「はい」

掴んだ手を引きながら、出口を抜《ぬ》け人気のない場所まで移動した。私の突然《とつぜん》の行動に驚《おどろ》くことなく、何も言わずにただついて来てくれる。その間、私はどうするべきかひたすら頭を回転させ、最善の策を考えた。

向かい合うものの、すぐに上手《うま》い言葉は出てこなかった。それでもレイノルト様は穏《おだ》やかな眼差《まなざ》しで静かに待っていてくれた。

深呼吸をすると、真剣《しんけん》な視線を向けながら尋ねる。

「先程《さきほど》、なんと仰《おっしゃ》いましたか」

「働きに行くのでしょうか、と」

「……」

(バイトは聞き間違《まちが》いかもしれない。レイノルト様の言葉が衝撃《しょうげき》的過ぎて、私の脳内が勝手に変換《へんかん》してしまったんだわ)

そう思い直すものの、危機的状況に変わりはなかった。

決定打を打たれたようなものだが、認めるわけにはいかない。労働がバレてしまうと、私の自立計画に大きく支障をきたすのだ。それだけは何としてでも避けたい。最後の悪あがきのように、認識違いであれという一縷《いちる》の望みにかけて尋ねた。

「……どなたかとお間違えになられていませんか」

「恥《は》ずかしながら、セシティスタで顔がわかる令嬢《れいじょう》はレディしかいません」

（そこは他《ほか》にもいてよ！）

無表情の内心は焦《あせ》りしかなく、考えれば考えるほど言葉が出てこない。

「あの日手洗い場まで案内していただいたのは、レディで間違いないですよね？」

どうにかする方法は一向に浮かびそうにないために、私は観念した。

「……はい。あの、このことは内密にしていただけませんか」

（もうレイノルト様にバレてしまうのは仕方のないことよね。正直知っているのが彼だけならば、まだどうにかできるんじゃ）

口外しないことを頼《たの》む方向で話を持っていくことにしようと思えば、レイノルト様から予想外の言葉を、感情の見えにくい笑《え》みで言われた。

「それは……私と取引をしよう、ということでしょうか」

「取引、ですか？」

「はい」

意外過ぎて思わず復唱してしまう。

取引という二文字からは、まだどうにかできるという希望が湧《わ》いてきた。

ぎゅっと目をつぶって意を決すると、今度は慎重《しんちょう》に投げかけた。

「お……おいくらで」

（さようなら私の貯金）

コツコツと貯《た》めてきたお金が消えてしまうことを想像しただけで泣きそうになったが、隠《かく》し通せると思いながら尋ねた。そんな私を見てレイノルト様はおかしそうに笑った。

「冗談《じょうだん》ですよ、レディ」

「え……」

「貴女からお金を受け取るようなことなどしませんよ」

「そう、なんですか？」

(戻《もど》ってきた、私の貯金！　そもそも消えてないけれども……でも嬉《うれ》しい)

「そうですね……私が黙《だま》っていることでレディから見返りがあるとしたら」

「としたら……？」

「お礼として、レディの一日をくださいませんか？」

「……へ？」

思いがけない言葉の連続に思考が本調子に戻らない。

「それは……えっと、どういう」

「実はまだ、長らくセシティスタ王国に滞在《たいざい》する予定なんです。そこで観光をしようと思うのですが、案内役の適任が見つからなくて」

「な、なるほど……？」

「どうでしょう。……実は行き先も決まっておりまして。城下街なのですが、レディなら詳《くわ》しいかなと思ったんです。これなら相応の取引になりませんかね」

優《やさ》しい笑顔でそう問いかけられる。今度は冗談ではない雰囲気《ふんいき》を察して、私は頷《うなず》いた。

「……取引に応じます」

「よかった」

（これで済むなら……）

消え去る不安と再び訪《おとず》れた面倒事《めんどうごと》を前にして、レイノルト様と日程を決める。そして今度こそはと早急《さっきゅう》に出入口に向かった。

レイノルト様から逃《に》げるように馬車へ飛び乗ると、御者《ぎょしゃ》に帰宅を告げた。

「どうしよう……」

（バレていたなんて……最悪すぎる）

自宅にたどり着くまで、後悔と不安が押し寄せていた。


どんよりとした気持ちで馬車を降りて屋敷《やしき》の玄関《げんかん》を開けると、目の前から誰かがずかずかと足音を立ててやって来た。

「レティシア!!」

今朝も聞いた甲高《かんだか》い声の持ち主、ベアトリスが登場した。体調が悪いはずなのに、そんなものはお構いなしという様子だった。彼女は私を視界に捉《とら》えると、少し興奮気味に文句を投げつけてきた。

「エドモンド殿下《でんか》に何かしたんじゃないでしょうね⁉」

「……」

「不本意ながら向かわせたけど、余計なことをしていたらレティシアでも許さなくってよ！」

ギロリ、と睨《にら》まれる。だがそんなことなど一切《いっさい》気にせずに無感情で答えた。

「フィアス様にお祝いと挨拶《あいさつ》、そして謝罪を行った後は何もせずに直帰しました。とんぼ返りのような早さで往復したのです。そのどこに殿下と話す時間があるでしょうか。そもそもお会いすらしていませんし」

一気に言いきるとベアトリスの瞳《ひとみ》に問いかける。まだ何か言う気かと。

「そ、そうなのね」

ベアトリスは、ほんの少しだけ後退《あとずさ》りをするものの、納得《なっとく》したようだった。

「ですからパーティーでは何もありませんでしたよ」

そう言うと小さな負の感情が過《よぎ》った。どうしようもなかった出来事だが、原因の一部にはベアトリスがいる。疲労《ひろう》に疲労が重なり、その上レイノルト様と取引をしなければならないという苦しい事態に陥《おちい》ったのは、ベアトリスが非常識にも、パーティーの招待を強要したせいでもある。

いつもなら割り切れた。しかし、不運が続いて、落ち込んだ気持ちが元に戻らなかった私は、後先考えずに口に出してしまった。

「お姉様……二度と尻拭《しりぬぐ》いはしませんからね」

「し、尻拭いですって⁉」

「いえ、言葉を間違えました。今回のものはそれよりもたちが悪いです」

「なっ」

「言葉の意味がわからないならば、ご自分でお考えください」

初めて妹《わたし》に言い返されたことに衝撃を受けるベアトリス。そんなことはお構いなしに、私は恨《うら》めしい視線を向けた。

「(自立計画に)問題が起きたらお姉様のせいですからね……‼」

八つ当たりだとわかっていながらも小声で言い捨てると、自室へと早歩きで戻った。

「な、何なの……」

後ろではベアトリスの唖然《あぜん》とした独り言が響《ひび》いていた。

「おかえりなさいませ、お嬢——」

「わっ！　どうしたんですか」

ラナの出迎《でむか》えを遮《さえぎ》りながら抱《だ》きつく。

「終わったわ。本当に終わったわ」

「はい、お疲《つか》れ様でした」

「違うわ、人生が終わったの」

「えっ？　どういうことです、それは」

ラナにレイノルト様との間に起きた出来事を一から説明した。

「終わってないじゃありませんか。取引なんですよね？　案内をすれば黙って自分の国に帰ってくださるという」

「……万が一が」

「ではお聞きしますけれど、その貴族様がお嬢様《じょうさま》の労働を言い触《ふ》らして何か得がありますか？」

「……何もない、と思う」

「そういうことですよ」

筋の通ったラナの話に段々と落ち着きを取り戻していった。室内用のドレスに着替《きが》えると、ベッドの上で体育座りをする。

「ラナぁぁぁあ！」

「それに一度案内をするだけで口止めになるのですから、とても良心的ではありませんか」

「た、確かに……」

「ちなみにお名前は何と言うのですか」

「え……」

「まさかお嬢様。無関心が度を越《こ》しすぎてお名前を覚えなかったのですか」

「か、家名を聞き逃《のが》して」

「まぁ」

思えば、レイノルト様と話す時はいつもどこか冷静でいられなくなる。

(もしや……天敵なのかしら)

「お名前はレイノルトと名乗っていたわ」

「レイノルト……どこかで聞いた気がします」

「まさか他国の有名人？」

「さすがに他国の貴族までは把握《はあく》していないのですけれど、どこかで聞いたんです。思い出したら言いますね」

「わかったわ」

観光案内といっても貴族のお忍《しの》びのようなものなので、名前や家名で呼び合うことはないと思う。それに最悪、先手必勝で呼び方を聞けば良い。

そうは思うものの、やはり行くのは億劫《おっくう》で。

「ねぇラナ。代わりに行ってくれない？」

「代わりたいのは山々ですけれど、お嬢様の顔をバッチリと覚えられているみたいですから。不可能かと」

無理に近い提案を正論で断られる。

「……今からベアトリスお姉様に熱を貰《もら》ってこようかしら」

「そんな幼い子どもみたいなことなさらないでください」

「わかった……」

短い沈黙《ちんもく》の後に、無謀《むぼう》な事ばかり考えてないで、いい加減向き合おうと思い直す。

「ちなみにいつなのですか。案内とやらは」

「明日《あした》」

「え」

唐突《とうとつ》すぎる話に、さすがのラナも手を止めてしまった。

「滞在《たいざい》期間が長いとは言え、いつ急な用事が発生して帰ることになるかわからないから早いうちに、って言われたの。自分の予定と照らし合わせたら明日しかなかったのよ」

「明日は食堂の仕事では？」

「ううん。働きすぎを心配されて、二日連続で強制的に休暇《きゅうか》を取らされたの。その後一日だけ働いたら、店主夫妻のご予定でしばらく休業になるわ」

「グッジョブです、店主さん」

日頃《ひごろ》休息を取るようにと訴《うった》えてくるラナからすれば嬉《うれ》しい話だろう。

「でも結局休めませんね」

「そこは仕方ないと割り切れるけれど。ここまできたら、明日は口止めするのに十分満足する完璧《かんぺき》な案内をこなしてみせるわ」

「その意気ですよ」

ラナの言う通り、レイノルト様の良心的な提案を精一杯《せいいっぱい》行うことを心に決めると、観光予定地に関する予習を始めるのであった。


翌日。

エルノーチェ家に迎《むか》えに行くとにこやかに提案されたが、厄介《やっかい》事になること必至なので丁重《ていちょう》に断った。城下街にある噴水《ふんすい》に現地集合ということで話が落ち着いた。

そして今、その噴水より少し離《はな》れた場所にいる。

(気のせいかな、凄《すご》い目立っている気がする)

噴水周辺は集合場所として多用される場所のため、人が多い。そこに溶《と》け込めば特段目立つことはないと考えていたのだが、レイノルト様の持つオーラは想像していたよりも強く輝《かがや》かしいものだった。

（この区域は貴族が多いから、あまり目立ちたくなかったのだけど……無理かもしれない）

念のため、私は目立ちにくい格好をしてきた。

エルノーチェ公爵《こうしやく》家特有のブロンドの髪《かみ》があまり見えないように、後ろで三つ編みにすると、キャスケットを深くかぶった。貴族の外出用のドレスにしてはかなり地味なものだが、ジャンパースカートのような形のもので申し訳程度に下にフリルが付いている。

貴族が見れば平民のような服装だが、茶色と白で揃《そろ》えたこの服を私は気に入っている。

改めて待ち合わせの場所の方に視線を向ける。

（なんだろう。凄い到着《とうちやく》が早い気がする。もしかしてレイノルト様、時間を間違《まちが》えてない？　待たせると申し訳ないから、三十分前に到着したのに既《すで》にいるなんて思わなかった）

急ぎ足で噴水に向かうと割と遠距離《えんきより》でこちらに気が付いた。

「お待ちしていました」

「遅《おそ》くなり申し訳ありません」

「まだ時間前ですよ？　遅くなどありません」

「……レイノルト様に比べると遅いかと」

「ははっ」

これまでに見た笑顔《えがお》よりもどこか無邪気《むじゃき》さが加わった笑みは、相変わらず眩《まぶ》しく発光力は通常運転のようだ。服装は控《ひか》えめで茶系統のジャケットを着こなしていた。パーティーの衣装《いしょう》に比べれば圧倒《あっとう》的に落ち着いた服装なのに、そんなことは関係ないと言わんばかりに輝いていた。

(凄く隣《となり》を歩きたくないけど、今日だけ我慢《がまん》よ……！)

そう自分を励《はげ》ますと、目的地に向かうことになった。

「では参りましょう。……えっと」

「レイで構いません。ここで様付けの呼び方は目立ちますからね」

「わかりました」

(もう目立っているけど、自分じゃ気付かないタイプ？　それとも気にしないタイプかな)

「呼び方はシアで構いませんか？　この前そう呼ばれているのを耳にしまして」

「か、構いません」

(私の庶民《しょみん》としての呼ばれ方がバレてる……まさか他《ほか》にも色々知られているのかな)

ここまで来ると驚《おどろ》きはしないが、後は何を把握されているのだろうかと少し探《さぐ》りたくなってしまう。

「ご安心を。他はまだ何も知りませんから」

「え？　あ、はい」

顔に出ていたのか、湧《わ》き上がる不安を柔《やわ》らかく否定してくれた。

「では今度こそ参りましょうか、シア」

突然すっと手を差し出される。

「は、はい。……あの、この手は」

「エスコートのつもりでしたが、不快でしたでしょうか」

「エスコート……い、いえ」

「では」

(断りにくい聞き方された……)

おどおどしながら、差し出された手に自分の手を重ねた。

(気分が良くなると、輝きが増すのかしら。観光を楽しみにしていたということよね)

意図がよくわからないままエスコートを受けると、本日二度目の彼の発光を感じながら歩き始めた。

今日はとにかく相手の気分を悪くしてはいけない。そのために、要望はできるだけ聞き入れようという考えでやって来た。だから余程《よほど》の事以外は流されて行こう。

「城下街の観光は初めてですか?」

「食堂に向かう際に通っただけでして。後でゆっくり見て回りたいと思っていたのですが、時間ができずにいました」

「なるほど」

セシティスタの城下街は場所によっては入り組んでいるため、初めての場合や一人で回る場合は迷子になりやすいとされている。そのため、案内はあるにこしたことはない。

「まずはどこに行きましょう？　何かご希望があれば」

「城下街の食べ物に興味があるのですが、朝食はお済みですか？」

「いえ、まだです」

「ではあのお店に行っても？」

「もちろんです」

時刻は八時を過ぎているが、今日の朝は本当にバタバタとしてしまったために朝食を抜《ぬ》いたのである。もちろんラナには怒《おこ》られたが。

レイノルト様が示したのは、私も知っている城下街で有名なカフェだった。

店に入り案内された席に着くとメニューを開いた。

「シアは何にしますか」

「フレンチトーストにします」

「即決《そっけつ》ですね」

「ここのお店は、フレンチトーストが美味《おい》しいと有名なんですよ」

「そうなのですか、では同じものを」

（それに比較《ひかく》的安いんです！）

城下街にはあまり来ないが、所々の有名品は知っている。その上、昨夜少し調べてきたこともあるので、ある程度なら対応できる気がした。

注文を待つ間、あの日についての話を始めた。

「それにしても驚きました。食堂でシアを見つけた時は」

「一応かつらで髪色を変えていたのですけど、そんなにわかりやすかったですか」

「夜会から日が経《た》っていなかった事もあり、鮮明《せんめい》に顔を覚えていたもので。普通《ふつう》ならば気が付かないと思いますよ」

「……それなら安心します」

（是非《ぜひ》その普通に入っていて欲しかったです）

「ちなみにレイは、商談目的でセシティスタ王国には来られたのですか？」

「はい。友人の付き添《そ》いとして訪《おとず》れることになりました」

「そうだったんですね」

話を聞けば、レイノルト様の友人が貿易関係の仕事をしているようで、今回は緑茶を取引の品として交渉《こうしょう》しにセシティスタへ来たのだとか。

「付き添いですが、友人曰《いわ》く私は交渉が人より少し上手《うま》いようで。よく連れ回されています」

「確かにお上手そうです」

「ありがとうございます」

(色んな国を飛び回っているのか、凄いなぁ)

フレンチトーストが運ばれてくるまで、食堂で食べた料理の話をした。どこが美味しかったなどと細かく教えてくれたり、私のおすすめポイントにはすぐさま共感してくれたりと、とても会話が弾《はず》んだ。話し方も聞き方も上手で、交渉で連れ回す友人の気持ちに納得《なっとく》した。

自分の食事代は自分で払うことにすると、店を出て次の目的地を考える。

「城下街については多少は詳《くわ》しいと言われていましたが、もしシアの行きつけがあればそこに行きましょう」

「行きつけではないのですが、行ってみたいお店ならあります」

「行ってみたいお店ですか」

「はい。生活品や小物、アンティークを取り扱《あつか》うお店なのですけれど」

前々から耳にして気になっていたお店だ。少し奥まった所に秘密の場所のようにあるため、中々行く勇気が出なかった。

「面白《おもしろ》そうですね、行きましょう」

「本当ですか！　こちらです」

個人的に期待値の高いお店へ行けることに気持ちが高まる。

落ち着いた色合いでできたお店で、内装までも統一感のある配色だった。

「これは……凄《すご》いですね」

「はい」

(わぁぁあ！　じっくり見てみたいものがたくさんある！)

食器などの生活必需品《ひつじゅひん》から置物のようなものなど、様々な物が並んでいた。

「見てくださいレイ。この茶器とても可愛《かわい》らしいですよ」

「おや、こういうのが好みですか」

「はい。あ、この食器も可愛い」

そう言って目をつけたのは、ウサギがモチーフになった薄《うす》いピンクと黒いロゴやデザインのものだった。

「……面白いですね」

「可愛くないですか」

「可愛いと思いますよ、凄く」

「そうですよね、あっ」

交《か》わす会話の途中《とちゅう》で、一つのスノードームが目に入った。

「綺麗《きれい》……」

「これは？」

「スノードームですよ。こう倒《たお》すと……ほら、雪が降るみたいじゃありませんか？」

「確かに。よくできていますね」

レイノルト様の方に向けながら逆さにしてみると、雪の降る光景に感心していた。

スノードーム片手に解説しながら値段を見てみる。そこまで高くない。

「……レイ。一つしかないのですが、スノードームを買っても良いですか」

「おや、気に入りましたか」

「とても。ですがレイが気に入ったのであれば」

「いえ、大丈夫《だいじょうぶ》ですよ」

(私はまた来られるし、本日の主役が誰《だれ》かは忘れてはいけないわ)

「本当ですか……！　ではすぐ買ってくるので、しばしお待ちを！」

スノードームに一目惚《ひとめぼ》れした私は、念のためにレイノルト様に確認《かくにん》を取った。

満足した買い物が終わると、最後に観光名所である時計台へと向かった。

「シアは時計台に行った経験はありますか」

「遠目から見たことは何度もありますけど、行ったことはないので楽しみです」

時計台は想像以上に大きく、その美しい外観に圧倒《あっとう》された。

内装は王城内にも引けを取らないほど豪華《ごうか》だった。時計台は階層構造になっており、一階には来訪者を迎《むか》える広間がある。奥に進むと上の階へ繋《つな》がる昇降機《しょうこう》が見えてくる。一階の広間の照明は高級そうなシャンデリアが用いられていた。壁《かべ》には絵画と彫刻《ちょうこく》が並んでおり、まるで美術館のようであった。

「平日なのに人が多いですね」

「それだけ人気だという証拠《しょうこ》ですね。名所なだけあり、華《はな》やかな賑《にぎ》わいを感じます」

「確かに……レイはどこから見たいですか？」

「やはり時計台に来たからには、上まで行きたいですね」

「是非《ぜひ》行きましょう」

上ってからが、この時計台の醍醐味《だいごみ》であることは間違《まちが》いない。最上階では大きな時計の裏側を見られ、展望台のように外の景色を見ることもできる。

「おや、昇降機は故障中みたいですね」

「えっ」

上まで行く昇降機はここ数日修理をしているようだった。

「これは……残念ですね」

初めて見るレイノルト様の落ち込む姿にどこか申し訳なさを感じる。どうにかならないものかと周囲を見渡《みわた》した。

「あっ」

「どうしましたかシア」

「あの。レイさえ良ければ、なのですが」

「何でしょう」

「階段を使いませんか」

「え？」

私の目に入ったのは時計台の上に続く階段。昇降機が使えない今は、それしか手段がないのが現実。私はまた別日にでも訪れればよいが、レイノルト様は違う。どうにか打開できるよう考えた結果だった。

「……シアは大丈夫ですか？」

「もちろんです。でも、たくさん歩くと思うので、気が乗らなければ別の場所に」

「せっかく来たのに醍醐味を味わえないのは味気ないですからね。行きましょう」

「はい、頑張《がんば》りましょう！」

こうして私達は階段に向かった。

「シアは運動がお好きなんですか」

「そういう訳ではないですよ。ただ、体力に自信はあります」

「働く姿を想像すると……納得ですね」

「食堂のお昼は戦場みたいなんですよ。たくさんのお客さんが食べに来る時間帯なので」

「それは……とても大変なのでは？」

「慣れるまではそうでしたが、今はこなせるようになりました。確かに大変ですけれど、とても楽しいですよ」

料理を運んだり注文を受けたりと、とにかく動き回っているうちに体力がついたと思う。そんな日々を回想しながら楽しく話した。

「働くことが楽しい……」

「はい」

「面白《おもしろ》い人ですね、シア」

「……変わっている自覚はあります」

遠い目をしながら答えた。

この国のどこを探しても、労働に多くの時間を費《つい》やす令嬢《れいじょう》はいないと思う。ましてや歳《とし》を考えれば私は結婚適齢期《けっこんてきれいき》。変わっているどころではない。

「ふっ」

私の答えがおかしかったのか、レイノルト様は小さな声を漏《も》らした。浮《う》かべた笑《え》みは柔《やわ》らかなもので、楽しそうに見えた。

「あ、笑いましたね」

「すみません。そういう意味ではなかったのですが、シアの返しが意外で」

「反論はしませんよ、自覚があるんですから」

「そうですか……ふふっ」

小さく笑っていたレイノルト様は少しツボに入ったようであった。

「そ、そんなに面白かったですか」

「いえ、可愛らしかったです」

「は、はぁ……？」

その答えを理解できないまま、なんとなく相槌《あいづち》を打った。不思議な気分になりながら、階段を上り続ける。

「おや、言われたことはありませんか」

「可愛いとですか？」

「はい」

「無いですね……」

(可愛い、か……悪評しか言われたことないから自分の本当の評価なんてわからないや)

私が困惑《こんわく》の表情を浮かべているのを見たからか、少しいたずらな笑みを浮かべてレイノルト様は言葉を続けた。

「もしやシアの周囲は見る目が無いのでは？　シアは可愛いだけでなくて魅力《みりょく》的です」

「……その、言われ慣れてないので変な気持ちです。でもありがたいお言葉として受け取ります」

「世辞ではありませんよ。本心です」

「だとしたら、ありがとうございます」

(からかわれているな、これ)

戸惑《とまど》いながらも受け流すが、終始レイノルト様は楽しそうだった。

なんだかよくわからない会話を続けていると、いつの間にかゴールが見えてきていた。

時計の裏側をゆっくり鑑賞《かんしょう》すると、さらに上へと進んだ。

展望階は大分遠いはずなのにそこまで長くかかった感覚はなく、日頃《ひごろ》の労働のおかげか疲《ひ》労《ろう》もあまり感じなかった。

「凄《すご》い、ガラス張りになっていますよ」

「驚《おどろ》きましたね。外で見上げた時には気付きませんでした」

安全策の意味もあってか、展望階は周囲一面がガラス張りになっていた。景色を堪能《たんのう》することのできる透明《とうめい》な仕様だ。

「レイ、見てください。待ち合わせに使った噴水《ふんすい》が見えますよ」

「どこですか?」

「あそこです、右奥の!」

豆粒《まめつぶ》程度にしか見えないものだけど、噴水の水しぶきはなんとか視認《しにん》できるものだった。

よく考えてみれば、高い所に来てはしゃぐ私の姿は子どもそのものなのだが、それに気付かずに噴水の方向を指差した。レイノルト様はその様子にあきれることなく柔らかな笑みで付き合ってくれていた。

「本当だ、小さいですけどよくわかりましたね」

「視力には自信があるんです」

「素敵《すてき》な長所ですね」

笑い合いながら暫《しば》しの時間景色を堪能した。

時刻は夕方。

解散の流れになり、集合場所の噴水前へと戻《もど》っていた。

「そろそろ時間ですね」

「そうですね。本日はどうでしたか？」

「大満足ですよ、シアに任せて正解でした」

「良かったです、安心しました」

その一言に体の力が抜《ぬ》けていく。

「ですが名残惜《なごりお》しいですね。まだ貴女《あなた》と観光していたいです」

「楽しんでいただけて何よりです」

(さすがにそれはご遠慮《えんりょ》いたします)

本職の案内人に比べれば及《およ》ばない事の方が圧倒《あっとう》的に多い中でも、レイノルト様は優《やさ》しく褒《ほ》めてくれた。そんな彼の姿を紳士《しんし》だと思えた。だがそれでも、気を張ってしまう相手であったため、もう一度観光をとまでは思わなかった。

「……シア、一つお願いがあります」

「な、なんでしょう」

唐突《とうとつ》な話の切り替《か》えに思わず身構えてしまう。

「これが終わっても、公式の場でお会いした時はまた話していただけますか」

「あ……」

「何かの縁《えん》だと思っていますので。切らないでいただければ幸いです」

(そういうことか、びっくりした)

取引後のことに関しては何も考えていなかったので、レイノルト様の言葉には驚いた。まるで私が縁を切ろうとしていることを見越《みこ》したような発言だった。

(そんなにあからさまだったかな……だとしたら申し訳ないわ)

今日一日を通して、緊張《きんちょう》する場面はもちろんあったものの、総合的に一番感じたのは楽しいという思いだった。そう感じられたのは、間違《まちが》いなくレイノルト様の配慮《はいりょ》があってのこと。彼の気遣《きづか》いや紳士的な態度を受けて、警戒心《けいかいしん》が消えた。それに加えて、私の中でのレイノルト様の印象はかなり良くなっていた。

（……まぁ、話すくらいならいいかな。観光みたいに長時間を共にするわけじゃないし）

「……私で良ければ、喜んで」

「良かった！　これからもよろしくお願いします」

「私の方こそ、よろしくお願いします」

最後にもう一度輝く笑顔を見られるとは思わなかったが、嬉《うれ》しそうにする姿はこちらにまで伝染してきそうだった。

「気をつけてお帰りください。ではまたお会いしましょうね」

「はい」

お互《たが》いに会釈《えしゃく》をしながら別れ、帰路に就《つ》いた。私が見えなくなるまでレイノルト様が見守っていたことなど知らずに、足早に家へと向かった。

彼女の姿が視界から外れるのを見届けると、滞在《たいざい》する屋敷《やしき》に帰宅した。ソファーに深く腰《こし》を落として余韻《よいん》に浸《ひた》る。今日の思い出を振《ふ》り返っていると、ドアを叩《たた》く音が聞こえた。

「レイノルト、俺だ」

「あぁ」

声の主はリトス。ドアを開けて中に入ると、自分の向かい側に座った。

「昨日の交渉《こうしょう》が無事に締結《ていけつ》したんだ。その報告に来たんだが」

「そう、それは良かったな」

「……なににやけているんだ？」

「別に、思い出していただけさ」

特段言うこともないと、躱《かわ》そうと思えば、リトスは逆に食いついてきた。

「思い出すって……あ！　愛《いと》しの姫君《ひめぎみ》とのデートって今日だったのか！」

「声が大きい」

「あぁ、悪い。というか今日だって教えてくれれば尾行《びこう》したのに」

「だから言わなかったんだが。それにまだ、デートじゃない」

身を乗り出すリトスに対して冷静に現状を伝える。

「どういうことだ、もう婚約《こんやく》を申し込んだんじゃなかったのか」

「いや、まだだ。さすがにそんな早く動けないさ」

「それもそうか。それで、どうだったんだ姫君は。教えてくれよ」

リトスに言われて一日の出来事を思い出した。

今朝のことが鮮明《せんめい》に頭に浮《う》かぶ。

「彼女にとにかく会いたくて、思ったよりも早い時間に目が覚めたんだ。年甲斐《としがい》もなくそわそわしていた」

「まだ二十五歳だろう。全く年甲斐なくないぞ。それにお前は……昔から味わえなかっただろ、そういう感情。むしろ今感じてくれて感動しているよ、俺は」

「そう言ってくれると嬉しいよ」

心が読めるという力は想像以上に厄介《やっかい》なもので、失ったものも多い。その一つが感情の自由だと思う。人の心から結果や本性《ほんしょう》などが推測できてしまうため、驚くことも喜ぶことも少なくなった。浅はかな考えや欲、偽《いつわ》りの善意などを繰《く》り返し見てきたために、何かに期待をするということはできなくなっていった。

だが、彼女は違う。

予想をすることなどできない、風変わりな令嬢《れいじょう》。何を思っているんだろうと心を覗《のぞ》きたくなる人は彼女が初めてだった。そんな彼女に会えることが嬉しくて、柄《がら》にもなく落ち着かない朝を迎《むか》えた。

「それで。念願の姫君はお前に会えて嬉しそうだったのか」

「いや、どちらかと言うと嫌《いや》がられていたかな。俺に対する好意は一切《いっさい》感じなかったよ。

エスコートしようとしても微妙《びみょう》な反応だったからな」

「まさか断られたのか」

「いや、さすがに手は取ってくれた。でも不本意そうな姿が可愛《かわい》くて、可愛くて」

「……うん、そうか」

理解が追い付かないという表情のリトスを放置し、彼女の表情を思い出す。

変な話、今まで誰《だれ》かにエスコートをする時は断られたことはなかった。ほぼ強制でする時は内心嫌で仕方なかったほどだ。夜会時のあしらう態度といい、反応を見ると自分に好意がないことは確実で、それが凄《すご》く面白《おもしろ》くて興味深い。

「……で、観光に行ったとは言え、色々な店を回ったんだろ」

「たくさん歩いたよ」

「それなら何かねだられたりしたんじゃないのか？」

「いや、全くそんなことなかったよ」

「まぁ、初回で欲望を出す女性の方が珍《めずら》しいか」

「それだけじゃない。彼女は食事代も、欲しいものも全部自分でお金を出したんだ。俺が出す隙《すき》も与《あた》えられなかったよ」

「どうやら姫君は俺の想像力の範疇に収まる人物じゃなさそうだ」

そう言ってリトスは少し考え込む。

彼の中にある女性像とは全く当てはまらない彼女に困惑《こんわく》しているようだった。

そんなリトスを横目に一人で思い出に浸る。

それにしても、スノードームを目の前にした彼女の目の輝《かがや》きは凄かった。彼女に興味を持たれたスノードームが羨《うらや》ましく思えてしまい、物に嫉妬《しっと》する自分に驚《おどろ》いた。

あのお店で見た彼女は、初めて年相応の女性らしく楽しむ姿だった。それに安心したと同時に、その姿を誰にも見せないで欲しいという謎《なぞ》の独占欲《どくせんよく》が湧《わ》いてしまった。

（あの表情……ずっと見ていられる）

スノードームが二つあれば記念に自分も買いたかったが、諦《あきら》める結果となった。

「他《ほか》にはどこか行ったのか？」

「観光名所で言えば時計台に行ったよ」

「あそこか、凄く混んでいると聞くが」

「あぁ、混んでいたよ。それに昇降機《しょうこう》は故障中だった」

「そうか。まぁ外観や内装だけでも十分見る価値のある場所だよ、そう気を落とすな」

「いや。階段を上ってきた」

「階段⁉　正気かレイノルト。いくらお前に体力があるとはいえ、よく姫君も一緒《いっしょ》に上ったな。いや、さすがに姫君は待機していたのか？」

「もちろん一緒に上ったよ。それに階段を上る提案をしたのは彼女の方だから」

「……なるほど、姫君が俺の常識で語れないことはわかった」

お手上げだと言わんばかりに、リトスはレティシアを想像することを諦めた。

確かに彼女は、今まで出会った欲まみれの令嬢などとは全く違う種類の人だった。

予測なんてできない。

まさか、可愛いという褒《ほ》め言葉が本心として届かないとは思わなかった。

(あれは相当壁《かべ》を作られている反応だった。……これは悠長《ゆうちょう》なことを考えている場合ではないな)

今後の動きを考えていると、いきなりリトスが失礼なことを言い出した。

「……凄いな、うん。でもこれくらい凄くないとだよな。やっぱり、変わっている人間の心は変わっている人間じゃないと落とせないもんな」

「それは俺と彼女に対する侮辱《ぶじょく》かい？　リトス」

「訂正《ていせい》します。魅力《みりょく》的な人を落とせるのは魅力的な人なんだなと」

「その通りだね」

「……いやぁ笑顔《えがお》が眩《まぶ》しい」

魅力的な人。

自分にとって彼女は正にそれに当てはまる人だ。むしろ、彼女以外は当てはまらないだろう。

令嬢だと言うのに階段を上ることを提案し、嫌な顔一つせずに上りきる姿も、甘い言葉を簡単に受け流す姿も、安くて美味《おい》しいものには目がない姿も、全て魅力的なのだ。

「レイノルト、そこまで興味を持っているんだ。長年連れ添《そ》った友人として言うぞ、絶対に姫君を捕《つか》まえろ。こんなにレイノルトが興味を持てるご令嬢なんて、もう一生現れないと思うぞ」

「……もちろん、そのつもりだ。俺にはきっと……いや、絶対彼女しかいない」

「応援《おうえん》するからな！　必ず結ばれてくれ」

リトスの熱い視線に頷《うなず》く。

だが実際、解決しなくてはいけないことがある。

彼女にある自分との間の壁が高いため、策を練らなくてはならないのだ。

(必ず手に入れる、俺の唯一《ゆいいつ》の人。レティシア)

難攻《なんこう》不落であろう彼女に、ひとり宣戦布告をするのであった。

第三章　建国祭の幕開け

翌日の朝は疲労《ひろう》が蓄積《ちくせき》した体を起こして、気力でバイト先の食堂へ向かい労働をこなした。

その日は深い眠《ねむ》りにつくことができ、気が付けば朝を迎えていた。

「おはようございますお嬢様。お疲《つか》れのようですね」

「……凄く疲れた。案内に労働に、連日休むことなく続いたから」

目をこすりながら朝食を済ませると、ソファーに座《すわ》って疲労が残る体を労《いたわ》った。

ラナも座らせて、先日の城下街の一件についての報告を始めた。

「本当にお疲れ様でした。たくさん歩かれたようで」

「ええ。身体的にも、精神的にも疲れちゃった」

「今日はゆっくりお休みください。ちなみに、時計台に行かれたことは昨日聞きましたけど……それにしてもお相手の方って変わっていらっしゃるんですか？　宝石とかではなく置物をプレゼントするなんて」

「置物……？　ああ、違うわ。これは自分で買ったの。ほら、綺麗《きれい》でしょ」

ラナのいう置物を理解すると、隣《となり》にあるテーブルに置かれたスノードームをひっくり返して魅力を伝える。

「お嬢様《じょうさま》がご自分で……納得《なっとく》です。私はてっきり観光と称《しょう》したデートだと思っていたんですけど、どうやら本当に観光だったみたいですね」

「デートって……普通《ふつう》に自分の食事代は自分で払《はら》ったし、何も贈《おく》られなかったから。私はともかく相手もそんな気はなかったと思うけど」

「……残念です、色々」

そうため息をつくラナ。どうやら期待が外れてしまったようだ。

恋人《こいびと》の影《かげ》が一切ないことを踏《ふ》まえて、侍女《じじょ》目線での心配をしていることは薄々《うすうす》気が付いている。だが、今回も期待は大きくなかったようで話題はすぐに切り替《か》わった。

「お嬢様。建国祭が迫《せま》っていますけれど、お召《め》し物と装飾《そうしょく》品は如何《いかが》いたしますか」

「……忘れてた。出ないと駄目《だめ》かと聞くのは野暮《やぼ》よね」

「はい。開催《かいさい》期間三日間。期間中行われるパーティー及《およ》び夜会、全《すべ》て欠席不可です」

「そうよね」

セシティスタ王国建国祭は、国をあげて行われる一大イベント。貴族は貴族で華《はな》やかなお祝いの席を楽しむのは毎度のことだが、このお祭りは平民も賑《にぎ》わいを見せる。

屋台通り以外の場所にも屋台が出たり、大特価と言ってどのお店も値下げをしたりする。

書き入れ時のこの時期は賃金が上がるので、どうしても働きたくなってしまう。

けど社交界参加は貴族としての義務。労働したい気持ちを抑《おさ》えて参加するしかない。

(どのみちマーサさん達もご子息の結婚《けっこん》式で地方に行かれるから、働けないのよね)

逃《に》げる理由がなくなったため、観念して建国祭に思考を切り替えた。

「上三人のお嬢様方は既にご準備を始められていますが」

「今年はさすがに用意するわ。といってもなるべく安いもの、だけど」

リメイクなどを施《ほどこ》して使い回していたドレスも、そろそろ寿命《じゅみょう》が近い。十八歳ということもあって、年相応の落ち着いたドレスを用意することに決めた。

「前々から不思議でしたけれど、どうしてお嬢様はそこまで節約思考なんです？　他《ほか》のお嬢様方はこれでもかというほど購入《こうにゅう》されるというのに。お嬢様はその様子が一切《いっさい》ありませんよね。姉妹《しまい》だというのに……不思議です」

私のドレス事情に詳《くわ》しいラナが改めて尋《たず》ねる。

「普通は影響《えいきょう》を受けるのでしょうけど。直感的に思ったのよね、ああはなりたくないって」

「……なるほど」

この手の質問には毎回真実を答えることはない。前世の記憶《きおく》があったことで母親と姉達の異常さに気付けた。というのが本音だが、正直に話せるわけもないので、反面教師を理由に誤魔化《ごまか》している。

転生する前はどこにでもいるような、日本の社会人だった。働いて、食べて、寝《ね》て。当時から節約思考はあったと思う。散財することもなく、慎《つつ》ましやかに生きていたつもりだ。結婚願望がなかったわけではないけど、どこか不思議と恋愛は自分と無縁《むえん》なものだと感じていた。会社と家を往復する日々を送り、特に代わり映《ば》えのしない生活を送っていた。娯《ご》楽《らく》としてネット小説を読んだことがあったので、転生した時『何故《なぜ》自分が!?』と思ったが、時間の経過とともに現実を受け入れることはできた。

前世の記憶を持ったまま末っ子として生まれ変わったために、姉三人と兄の生活態度はまるで別世界だと切り離《はな》した記憶がある。

良くも悪くも、転生前の感覚は何一つ消えることなく自分の中に存在している。

「そういう姿勢や考えを少しでいいので、御《お》三方に分けてくださいよ」

「いや、うん。できたら、ね」

そう口に出すものの、改めて考えてみる。三人の姉の中で、最も関《かか》わってきたキャサリンは、気が付けば既《すで》に悲劇のヒロインだった。だけど、他の二人はどうなのだろう。私が物心ついた頃《ころ》には既に評判通りだったベアトリスとリリアンヌ。キャサリンのことは嫌《いや》でもよく知っているが、思えば二人と密接に関わる機会はほとんどなかった。

「お姉様方は……どうしてあういう風になってしまったのかしら」

「噂《うわさ》からの判断になってしまいますが……やはり、公爵《こうしやく》夫人の影響が大きいのでは」

「……そうかもしれないわね」

ラナの答えに頷きながらも少し考え込む。

別の世界だと遠ざけてきたけれど、思えば私は彼女達の事を何も知らない気がした。

(評判に踊《おど》らされているのはもしかして私自身も、なのかな。……考え直す必要があるかもしれない)

うーんと頭を悩《なや》ませた瞬間《しゅんかん》、ドアがノックされた。

「レティシア、いるかしら？　貴女《あなた》に用があるのだけど」

声の主であるベアトリスが部屋を訪ねてきたのは、生まれて初めてのことだった。

対応しようと立ち上がるラナを制して自らドアに向かう。思いもよらない訪問に驚《おどろ》きながらも冷静を装《よそお》って扉《とびら》を開けた。

「……お姉様、何かご用でしょうか」

「ええ。……入っても？」

「か、構いませんが……」

「失礼するわ」

突然《とつぜん》の訪問に困惑《こんわく》しながらも、ラナに目線でお茶の用意をお願いすると、先程《さきほど》まで座っていたソファーにベアトリスを案内するのだった。

その間、いつの間にかベアトリスの不興を買ってしまっただろうかと、ここ数日の出来事を考え出して呼吸が止まった。

（ヤバい、そう言えばお姉様に反論したんだったわ……！）

パーティーに代理出席をしたあの日、家に到着《とうちゃく》してすぐに顔を見せたかと思えば、口から出たのは感謝ではなく文句だった。その際に嫌気がさした自分が、八つ当たりした事実を思い出す。

八つ当たりは逃げるようにしたために、反応する時間を与《あた》えなかった。恐《おそ》らく今日は、あの日の謝罪を求めるための訪問だろう。考えに整理がつくと、少しずつ落ち込み始めた。

（人生の危機を感じていたとは言え、考えなしにお姉様に突《つ》っかかるんじゃなかった）

過ぎたことはどうしようもできないが、これからは今まで以上に接触《せっしょく》する時には警戒《けいかい》しようと心に決めた。

謝罪の言葉を考えながらベアトリスの向かいに静かに座る。

お茶を出したラナも緊張《きんちょう》しており、張り詰《つ》めた空気が流れる。

「レティシア」

「はい」

どう謝罪すれば許してもらえるか、と頭を悩ませながら返事をした。

「これを」

「え？」

そう言うと、ベアトリスは机に少し大きめの箱を置いた。

綺麗《きれい》にラッピングがされており、プレゼントのような見た目をしている。

「えっと……これは」

「代理出席のお礼よ。好みが合うかわからないけど」

驚きのあまり静止するも、なんとか状況《じょうきょう》を理解してから感謝を伝えた。

「……ありがとう、ございます」

「レティシア、勘違《かんちが》いしないことね。私は貴女に尻拭《しりぬぐ》いをさせただなんて不名誉《ふめいよ》を、認めたくないだけよ」

ツンとした態度だが、心なしか緊張している様子にも見えた。

「は、はい」

(でもお礼って言ったよね……黙《だま》っておこう)

突然すぎる行動と、初めて見る表情に動揺《どうよう》しかできない。

「……そういうことだから。邪魔《じゃま》したわね」

「ご足労いただきありがとうございました」

「ええ」

目的を果たしたベアトリスはすぐに部屋を出ていった。

「び、びっくりした」

「はい……まさかの訪問でしたね」

「ええ……」

予想外の出来事に脳の処理が追い付かないまま、姉が座《すわ》っていたソファーを眺《なが》めていた。

どういう風の吹《ふ》きまわしかは皆目《かいもく》見当がつかないが、初めて見るベアトリスの一面に触《ふ》れた気がした。

「……何を持ってきたのかしら」

そう呟《つぶや》きながら箱を開けると、中には綺麗な髪飾《かみかざ》りが入っていた。

ベアトリスの突然の訪問から数日後、建国祭初日を迎《むか》えた。

贈《おく》られた髪飾りを身に着けて、パーティー会場へと足を運んでいる。

会場は王都から地方まで、各所に存在している。今回私が向かう会場は、王都にあるパーティー専用のホールだった。ここの運営は王家の管轄《かんかつ》の一つ。しかし王族は他の会場へ参加するため、挨拶《あいさつ》しなければならない人物はここにはいない。基本的に、王家への挨拶は最終日王城で開催《かいさい》されるパーティーで行うのが、例年のしきたりなのだ。初日と二日目は、王家や貴族によって設営される会場の中から、好きな会場を選んで行くことになっている。

もらった髪飾りは繊細《せんさい》な作りで、普段《ふだん》のベアトリスが着るドレスとは、全く異なる雰囲《ふんい》気《き》のものだった。わざわざ私のために用意してくれたのは明白で、少し嬉《うれ》しかった。

さすがに使用しないわけにもいかず、身につけることにした。今回は飾りに合わせてドレスを準備することになったので、悩まなくてよくなった事には素直《すなお》に感謝したい。

姉三人は王子様方のいる会場に、父と兄も別の会場であるため、知り合いが一人もいない中静かに飲み物を飲んでいた。

(帰れるものなら帰りたいんだけど、それだと目立つからなぁ)

年頃《としごろ》の令嬢《れいじょう》は皆《みな》姉達と同じ会場なのか、この会場ではほとんど見かけない。それが災《わざわ》いして同年代の令息方に声をかけられ始めた。

「エルノーチェ嬢、よろしければ私とともに一曲いかがでしょうか」

「……気分ではないので」

最初の方こそ丁重《ていちょう》にお断りをしていたのだが、そんなことなどお構い無しのように次から次へと申し込みが入る。

いるのだ、悪評など気にもしないという令息は。

大抵《たいてい》は私とではなく、エルノーチェ公爵家との繋《つな》がりを持ちたさに接触を試みる。中にはしつこい人もいて、断っているのにめげないからいい迷惑《めいわく》だ。それに比例して、私の答えも雑になっていく。グラスが空になっても、誘いの声は止《や》む気配がなかった。

(こんなことならお姉様達と同じ会場にすれば良かった)

それはそれでまた違う面倒事《めんどうごと》になるなと、内心ため息をつきながら対応を続けた。

「そんなことを仰《おっしゃ》らずに、是非《ぜひ》」

「遠慮致《えんりょいた》しますわ」

悪評通りにここで癇癪《かんしゃく》でも起こしてやろうかと思うほど、話の通じない相手も出始めた。若干《じゃっかん》のイラつきから無表情も保てなくなると感じ始めた時、思いがけない人物から声がかかった。

「レディ、ダンスの申し込みは私も不可でしょうか」

「……!」

颯爽《さっそう》と現れたのはレイノルト様だった。周囲の令息が簡単に霞《かす》むほどの輝《かがや》きを放ちながら手を差し出された。恐らく助け船を出してくれているのだろうと感じた私は、即座《そくざ》に手を取った。

「いいえ、お受け致します」

「良かった、では一曲踊《おど》りましょう」

「はい」

(助かった……)

令息達はさすがに太刀《たち》打ちできる相手ではないと察したのか、無言で私達を見送った。

壁際《かべぎわ》からホールへと移動し終えると、手を離《はな》して感謝を伝えた。

「ありがとうございます。おかげで助かりました」

「たいしたことはしていませんよ。それよりもレディ、踊っていただけないのでしょうか」

「あ、あの。ダンスは好きではないと以前仰って」

「今日は踊りたい気分なので、よろしければ」

そんなつもりは一ミリもなかったため、戸惑《とまど》い始めてしまう。

「ですが……その、恥《は》ずかしながら長らく踊っていませんので、ご迷惑を」

「構いませんよ。リード致します」

「……では一曲だけ」

(前もこんな風に断りにくくなかったたっけ)

断る方便を探す暇《いとま》もなく、頷《うなず》く選択肢《せんたくし》しか必然的に残されていなかった。潔《いさぎよ》く諦《あきら》めながら再び手を取ると、レイノルト様は柔《やわ》らかな笑《え》みを浮かべた。

ホールの端《はし》で向かい合うと、ちょうど曲が始まりステップを踏《ふ》み始める。

「まさかお会いできると思いませんでした」

「私も思いませんでした」

(集中しないと足踏んじゃう)

「レディはどうしてこの会場に？　セシティスタの王子方は別会場ですが」

「そちらには姉が参加しておりますので」

(話しかけないでください、踏んじゃいます!)

本当に久しぶりすぎる踊りに内心はパニック状態だった。リードがあるとはいえ、滅多《めった》にしない足の動きに処理が追い付かない。踊ることは特段苦手でも嫌《きら》いでもないのだが、足元を見られない状態に恐怖《きょうふ》しながらステップを踏み続けた。

「大丈夫《だいじょうぶ》ですよ、ついてきてください」

「わっ」

不安が顔に出ていたのか、本格的にリードをし始めてくれる。不思議なことに体を任せているような感覚で、自分が上達したかと錯覚《さっかく》するほどレイノルト様は上手だった。

「そのままです、お上手ですねレディ」

「あ、ありがとうございます」

(上手なのはレイノルト様ですよ、私は何もしていません……)

完璧《かんぺき》なリードのおかげで余裕《よゆう》が出始める。

それも束《つか》の間のことで、ターンをするのにぐっと引き寄せられ、腰《こし》に触れられた手の力が強まった。思わぬ変化に驚《おどろ》くと、何故《なぜ》か鼓動《こどう》が速くなっていく。

(落ち着こう。……あれ、待って。よく考えたら近くない!?)

落ち着こうとしたのに、身内以外の男性とここまで密着していることに気付くと、段々と内心のパニックが高ぶりながら、鼓動はさらに速まり、顔も少しずつ赤くなっていった。

それでもなんとか踊り続けようと必死にステップを踏み続ける。

（は、早く終わらないかな）

ただ終了《しゅうりょう》を願いながら身を任せていたが、その時間は永遠と思うほど長く感じたのだった。

レイノルト様による完璧なリードのおかげで無事踊りきることができた。

「お付き合いいただき、ありがとうございました。とても楽しかったです」

「私の方こそ。貴重な機会を頂きありがとうございました」

楽しむ余裕はなかったものの、ミスなく踊りきれたことに少し感動していた。

「ところでレディ。そろそろお帰りになられますか？」

「さすがにまだ早いので……もう少し頑張《がんば》ろうと思います」

始まったばかりの夜会に対して苦笑いを浮《う》かべる。

「では、一緒《いっしょ》にお話でもしませんか？」

「お話、ですか。……ありがたいお言葉なのですが、これ以上は遠慮《えんりょ》しますね。噂《うわさ》になればご迷惑をおかけすることになりますから」

会場に噂好きの令嬢やご婦人方が少なくとも、用心するに越《こ》したことはない。

その思いから申し出を断るものの、レイノルト様は引き下がらなかった。

「迷惑だなんて……そんなことは一切《いっさい》ありません。レディ、それに私は良い壁《かべ》になると思うのですが、いかがでしょう」

「壁……」

そう復唱しながら辺りを見渡《みわた》せば、令息達が集まりつつあった。

その光景に、げんなりとしながら思考を加速させる。

提案に乗るべきだと答えが出るのに時間はかからなかった。

「お言葉に甘えてもよろしいでしょうか」

「もちろんですよ」

(大丈夫。社交界が興味あるのは、私の悪評とそれに付随《ふずい》する話題だけだから)

噂は流れることはない。

そう推測すると、差し出された腕《うで》に手をかけてエスコートを受ける。

人々の視線を避《さ》けるために、私たちは会場の外へと向かった。

賑《にぎ》やかな会場から一転。

静寂《せいじゃく》に包まれた外の空気はひんやりとしていた。

目の前に広がる庭園は外灯によって照らされている。

ぼんやりと外灯に意識を取られていると、レイノルト様が優《やさ》しい声色《こわいろ》で労《いたわ》ってくれた。

「お疲《つか》れ様です。もう少し早く到着《とうちゃく》できればよかったのですが……足は大丈夫ですか」

「とんでもないです。助けてくださり本当にありがとうございました。足は大丈夫です」

お互《たが》いに軽く笑みを交《か》わす。

「とても綺麗《きれい》な庭園ですね」

「はい。せっかくですから、見て回りませんか」

「そうですね。ですが、疲れた時はすぐに言ってくださいね」

まるでお願いするかのような優しげな声。

その配慮《はいりょ》に感謝し、少し緩《ゆる》んだ笑みを浮かべてこくりと頷いた。

レイノルト様のエスコートのもと、庭園に向かってゆっくりと歩きだした。

「今日の装《よそお》いもとても素敵《すてき》ですね」

「ありがとうございます」

(レイノルト様はお世辞を言うのがお得意なのかしら)

さらりと相手を褒《ほ》めるだけでなく、歩幅《ほはば》を女性側に合わせているあたり、やはり紳士《しんし》的な方だなと思う。

「髪飾《かみかざ》りも、とても似合っています」

「あ……実は姉から贈《おく》られたもので」

「おや、そうなのですか」

「はい」

そう答えながら髪飾りに軽く触《ふ》れる。

途端《とたん》に疑問が湧《わ》き上がった。

(変だよなぁ……お礼だとは思うけど、そもそも傲慢《ごうまん》な姉からは想像つかない対応だし
……なんか引っかかる)

普段《ふだん》社交界で目にしてきた傲慢な振《ふ》る舞《ま》いをする長女が思い浮かぶ。

もやっとした気持ちとは関係なしに、レイノルト様は率直《そっちょく》な言葉を述べた。

「お優しいのですね」

「優しい……」

「違《ちが》いましたか？」

その問いにはっきりと答えることができない。

「……よく、わからないのです」

優しいと言われて違和感《いわかん》を覚える自分がいる。だからといって否定もできない。

そして気が付いた。ベアトリスについて語れるほど知らないことに。

(……私も、やっぱり悪評に踊《おど》らされているのかな)

誰《だれ》かがいつの間にか下した評価を疑わずに受け入れて、ベアトリスという人物を自分だ

けの目で確認《かくにん》したことが果たしてあっただろうか。

重なる疑問を整理しながら、言葉を繋《つな》いだ。

「……姉達とは仲が良いとは言えないのですが、険悪なのかと聞かれれば頷《うなず》くこともできなくて。何も知らない、わからないと感じたんです。家族なのに。それが……変に思えて」

レイノルト様は、ただ静かに聞いてくれた。

「おかしな話ですよね。自分が生まれて、もう二十年近く経《た》つのに」

誰かに相談することでもない話題。

けれど、不思議なことにレイノルト様になら話しても良い気がした。

隣国《りんごく》の方ということで、エルノーチェ姉妹《しまい》の悪評を耳にしてこなかった方ならば偏見《へんけん》なしで考えられるのではないかという思いがあった。

「何もおかしくはありませんよ」

「え……」

意外な返答に純粋《じゅんすい》に驚く。

「私にも兄がいますけれど、兄のことを全《すべ》て知っているのかと聞かれれば違うと答えます。むしろ知らないことの方が多い気がしますね。仲は良好なんですが」

「そうなんですか……」

(仲が良好でも知らないことが……そうか)

そりゃそうか。関《かか》わりが少ないのに、姉達の何を知れるというのか。

ふと前世の記憶《きおく》を思い出した。そこでは、姉妹の距離感《きよりかん》はもっと近いものだったと思う。仲の良し悪《あ》しにかかわらず、常に話せる範囲《はんい》に相手がいた。自然に接点ができた。

でも今は違う。

関わろうと思わなければその機会はなく、話せる範囲にいるのは姉妹ではなく専属侍女《じじょ》。

もちろん家庭によるかもしれないが、少なくともエルノーチェ公爵《こうしやく》家では必要だったのだ。接触《せつしよく》する機会を自分で作る努力というものが。

当たり前の事に気が付くと、自分の思考回路にあきれてしまう。

「……兄弟仲を保つ秘訣《ひけつ》はあるのですか？」

「ありますよ。男兄弟ですから、跡取《あとと》り問題で周囲からあることないことを吹《ふ》き込まれる時が多々ありまして。その度《たび》に自分自身で確かめてきましたね。だから変にすれ違うことは少なかったかと」

「確認……」

「レディ、お一つ助言を。知らないのならこれから知れば良い、もちろんご自身の力で。他人を通すとどうしても色がついてしまいますから」

「……仰《おつしや》る通りですね。下らない話をしてしまいました」

「いえ。解決策になれば嬉《うれ》しい限りです」

爽《さわ》やかな笑《え》みは、抱《いだ》いた申し訳ないという感情を消し去る威力《いりょく》があった。

そして、レイノルト様の助言のおかげで、状況《じょうきょう》を改善する糸口が見えた。

ベアトリスのことを知ろう。まずはそこから始めないといけない。

そう強く決めた気持ちとは裏腹に、体が冷たい風に震《ふる》えた。

(うう、ちょっと寒い……)

思わず肩《かた》に力が入って震える。

「……失礼しますレディ、よろしければ」

「えっ」

ふわっと風を感じたかと思えば、次の瞬間《しゅんかん》には肩が少し重くなった。

振り向けば、レイノルト様が流れるような動きで自身の上着を私の肩にかけ、邪魔《じゃま》にならないように髪《かみ》をどけてくれた。まるで心情を読み取ったかのような、洗練された配慮に驚《おどろ》く。

「冷えてきましたので」

「あ、ありがたいのですが」

「私なら大丈夫《だいじょうぶ》ですよ。鍛《きた》えておりますし、多少は頑丈《がんじょう》なので」

「……では、お言葉に甘えて」

(でも申し訳ない……)

ありがたい反面、心苦しさも感じる。その思いを察したのか、レイノルト様から提案をされる。

「よければもう少し近づいて歩いていただけますか？　その方が暖かいと思うので」

「あ、わかりました」

咄嗟《とっさ》に、出された腕に触れて近づいた。

距離《きょり》が一気に縮まる。

(少しでもレイノルト様も暖かくなるなら……)

意識は罪悪感の払拭《ふっしょく》に集中しており、接近したという事実は全く考えていなかった。

「そう言えば、あれから私も探してみたんです」

「何をでしょうか」

「以前レディが購入《こうにゅう》された、スノードームです。書斎《しょさい》にでも置こうかと思いまして」

「見つかりましたか？」

「残念ながら。でもこういう物は巡《めぐ》り合いですから。気長に探します」

「お手に渡《わた》ることを祈《いの》っています」

あの日購入してしまったことに申し訳なさを感じながらも、なるべく早くレイノルト様の書斎にスノードームが置かれるといいなと思った。

冷たい風は、突如《とつじょ》強く吹いた。

「わっ」

「おっと」

思わず後退《あとずさ》り、体の重心がずれた瞬間だった。

一瞬ぐらりと片足が傾《かたむ》く。がくっといきそうになるのを反対の足でなんとか持ちこたえた。エスコートの手はあくまでも添《そ》えていただけなので、迷惑《めいわく》をかけずに済んだ。

（あっ……でもこれは、ヒールが片方折れた気がする）

直感的にそう感じた。

思えば今履《は》いている靴《くつ》は長らく愛用していたもので、壊《こわ》れてもおかしくないものだった。

ヒールと靴本体は一体ではないため、一度折れてしまうとヒールが全てなくなってしまう。それは恥《は》ずかしい。最悪の事態を思い浮《う》かべると、靴が気になってしまった。

（もしや動いたら本格的に折れるのでは……？　と、取り敢《あ》えず平常心よ、平常心）

「レディ……もしや靴に不都合が」

足元の不自然さからあっさりと見抜《みぬ》かれる。苦笑いを浮かべながら、まだ平静を装《よそお》ったままでいた。

「多分……大丈夫です、多分」

「確認されますか。歩いてみます？」

こくりと頷くと、一歩踏《ふ》み出してみた。

バキッという音が庭園に響《ひび》くと、同時にがくりと思い切り体がよろめいた。

「あっ」

「おっと。大丈夫ですか、レディ？」

「だ、大丈夫です。ありがとうございます……」

レイノルト様に支えられたため転ぶことはなかったが、接近したことで恥ずかしくなる。

ヒールは悲しいことに折れていた。元居た場所にヒールが寂《さび》しく落ちている。その瞬間先《さき》程《ほど》まで抱いていた恥ずかしさも消え去った。

その様子を見たレイノルト様が「一度離《はな》しますね」とエスコートの手を下ろすと、自らしゃがんでヒールを取ってくれた。

「もしかしたら修理できるかもしれませんので」

「ありがとうございます」

（まさかの寿命《じゅみょう》だったか……）

お気に入りの靴が壊れた悲しみを感じていたい所だが、目下の問題は馬車までどうするかであった。

（どうしよう。このままだと高さが違《ちが》ってまともに歩けないし）

心配そうな眼差《まなざ》しで見つめるレイノルト様の隣《となり》で、なんとか解決策を考えると、名案が浮かんだ。

(そうだ、歩きにくいなら高さを揃《そろ》えればいいのよ。右が壊れたということは左も壊れかけている可能性もあるということ。よし、やるぞ)

「すみません、もう一度手をお借りします」

「レ、レディ？」

(えいっ！)

レイノルト様と折れた方のつま先に体重を預けると、今度は左足をふわりと浮かせ、ヒールが折れるように思い切り叩《たた》きつけて体重をかけた。しかし、残念なことに左の靴はびくともしなかった。

「……折れない」

足踏《あしぶ》みをしても微動《びどう》だにしない左のヒールは、壊れる気配がまるでなかった。

「凄《すご》く、大胆《だいたん》ですね」

レイノルト様の方を見上げれば、楽しそうな声色《こわいろ》で微笑《ほほえ》んでいた。

「ヒールをもう片方折ればいけると思ったのですが……駄目《だめ》でした」

「無理はなさらないでください。レディさえ嫌《いや》でなければ、私が抱《かか》えて馬車までお連れ致《いた》します」

「で、ですがさすがにそれは……」

(でも確かに、ヒールが折れてしまった以上会場には戻《もど》れないよね……だからといってお

ぶってもらうのはいかがなものなのかしら）

歩けないとはいえ、レイノルト様におぶってもらうのは酷《ひど》く気が引けた。

「大丈夫ですよ。この庭園周辺には誰《だれ》の気配もありませんから。目立たず行けるかと」

本人は問題ないと言わんばかりの表情をしていた。

断るべきだとわかっていても、他《ほか》に方法が無いため苦渋《くじゅう》の決断《けつだん》をすることにした。

「で、ではお願い致します」

（……誰も見ていないことを祈ろう）

「お任せください。では失礼いたしますね？」

「はい……⁉」

おんぶしてもらうと思いきや、レイノルト様はひょいと私を抱《だ》き上げた。

その形はお姫《ひめ》様抱っこで、レイノルト様の腕《うで》に優《やさ》しく包まれた。

（こ、こっち⁉　思っていたのと違う！）

予想を裏切る展開に、困惑《こんわく》が隠《かく》しきれない。

「レ、レイノルト様っ」

「ご安心ください、決して落としませんから」

（そういう問題じゃないです！）

何故《なぜ》か発光した笑《え》みを向けられるが、もはやどうしていいかわからない。

とにかく落ちるのが怖《こわ》くて、思わずレイノルト様の服を両手で少しつかんだ。

「レディは羽根のように軽いですね」

「レイノルト様がしっかり鍛えられているのだと思います」

(お願い、早く着いて……！)

突然《とつぜん》のことで困惑と驚きに胸の鼓動《こどう》が忙《せわ》しくなるのを感じながら、レイノルト様が馬車に早くたどり着くことを願っていた。


「到着《とうちゃく》しました」

「ありがとうございます」

「いえ。お役に立てて何よりです、レディ」

馬車に座《すわ》らせてもらうと、恥ずかしさを隠しながらお礼を述べた。

開けっ放しのドアから、レイノルト様がこちらを見上げる体勢になった。

「……そう言えば。これだけ親しく話しているのに、レディ呼びはなんだか寂しいですね。観光したあの日の方が、近く感じるほどです」

(確かに、そうかもしれない……気がする)

「よろしければ名前でお呼びしてもよろしいでしょうか。レティシア嬢《じょう》と」

「名前……」

(本当はエルノーチェ嬢が良いのだけど、それだと私含《ふく》めて四人該当《がいとう》してしまうわ)

ベアトリスとリリアンヌはともかく、キャサリンのことを呼ばれるのは少し嫌な気がした。

(エルノーチェ嬢と呼ぶことで、もしキャサリンが勘違《かんちが》いして何かに利用できると判断したら、レイノルト様にまで迷惑をかけてしまう。そうしたら申し訳なくて顔向けできないわ。……ここは名前で呼んでもらおう)

結果的にどの選択《せんたく》が最善かを考慮《こうりょ》した上での判断を下した。

「……構いません」

「それは良かった。もしよろしければ、私の事も名前で呼んでくれませんか？」

(うっ、それは……でもこちらは名前で呼ばれるのに、自分だけ堅苦《かたくる》しい言い方はよろしくないわよね)

「わかりました、レイノルト様」

「……レイでも構いませんよ？」

「それはさすがに」

(愛称呼《あいしょうよ》びは是非《ぜひ》、ご家族やいずれできる婚約《こんやく》者様となさってください)

軽い冗談《じょうだん》だと思い、触《ふ》れずに流す。

「いつでもお待ちしていますね」

(私は対象外ですからね、レイノルト様)

「……上着、ありがとうございました」

かけてくれた上着を丁寧《ていねい》に畳《たた》んで返すと、言葉を続けた。

「レイノルト様、本日はありがとうございました。とても有意義な時間を過ごせました」

「それなら良かった。また話しかけに行きますね？」

(あぁ、もしや社交辞令というものをご存じでないのかしら)

そう思いながら表情に注目すれば、大人の余裕《よゆう》を感じるほど自然な笑みだった。

(いや、わかっていて言っているわ)

その様子を察したので、こちらも負けまいと笑顔を作って答えた。

「……お待ちしています」

「ではレティシア嬢……良い夢を」

「レイノルト様も」

軽く一礼をすると、帰路に就《つ》く。

レイノルト様の馬車はまだ来ないのか、私の馬車が出発するまで見送ってくれた。彼が見えなくなるまで、私も馬車の中で手を軽く振《ふ》り続けた。

会場を完全に出ると、今日の出来事を振り返る。

やはり思い出すのはあのお姫様抱っこ。

まさかあそこまで接近するとは思わず、本当に鼓動がうるさくなった。

(思い出したら顔が熱くなってきた……)

恥《は》ずかしさのあまりか、頰《ほお》が火照《ほて》ってくる。

(それにしてもレイノルト様は鋭《するど》いわ)

なんとかヒールが折れたことを隠そうとしたが、あっさりと見破られてしまった。気遣《きづか》いができる故《ゆえ》の観察眼に思わず感心してしまう。その配慮《はいりょ》に長《た》けた部分が、凄くありがたかった。会話にもそれは表れていた。話していて話題に詰《つ》まることはなく、一緒《いっしょ》にいて何故か気楽になれた。

(話しやすい雰囲気《ふんいき》を作るのが得意なのかしら)

建国祭は憂鬱《ゆううつ》で仕方なかったが、彼と過ごした時間は悪くなかったと思う。

(レイノルト様なら……また話してもいいかな)

人付き合いを避《さ》けてきたが、彼となら上手《うま》く関係を作れる気がした。

(それにしても……やっぱりお姫様抱っこは恥ずかしかった！)

帰りの馬車の中では、まだ消えない感触《かんしょく》と小さな鼓動に揺《ゆ》られていたのだった。

家に到着して馬車を降りると、同じタイミングで帰宅したベアトリスが馬車の中から出てきた。思わず折れたヒールをわからないように隠しながら、挨拶《あいさつ》をした。

「ごきげんよう、ベアトリスお姉様」

「ごきげんよう」

いつもならそそくさと立ち去る所。

けれども今日は、先程《さきほど》までのレイノルト様と交《か》わした言葉を思い出して踏《ふ》みとどまった。

(話してみなければ始まらないわ……！)

「お姉──」

「悪くないわね、その髪飾《かみかざ》り」

今日の夜会はどうだったかとありきたりな話題を振ろうとした時、ベアトリスが言葉を被《かぶ》せた。

「え」

「似合っているわ。素敵《すてき》よ」

「あ、ありがとうございます。その、お姉様が選んでくださったおかげかと」

戸惑《とまど》いながらも感謝を述べれば、ベアトリスは満足そうに笑みをこぼした。

(お姉様もこんな風に笑うのね……)

傲慢《ごうまん》という印象からは考えられないほど、優しく美しい笑みで、初めて見る姉らしい表情にも思えた。

「確かにそれもそうね。でも、こういう髪飾りはつける人が良くないと映《は》えないものよ?」

「あ、ありがとう、ございます」

(遠回しだけど凄《すご》い褒《ほ》めてくる……)

ベアトリスからの思わぬ賛辞をどうにか処理しようと頭を働かせる。その間も、ベアトリスは自身が贈《おく》った髪飾りを眺《なが》めていた。

「では失礼するわ」

「はい」

見るからに不機嫌《ふきげん》な様子はなく、むしろ機嫌が良いように思えた。

珍《めずら》しいものを見た気分になりながら、私も自室へと戻《もど》った。

部屋に入ればラナが小言つきで迎《むか》えてくれる。

「おかえりなさいませ、お嬢様。それにしてもお早いお帰りで。もっと楽しんできても良いのですよ?」

「ただいま。それは全力で遠慮《えんりょ》するわ。ヒールが折れちゃったから」

「ヒールが!? お怪我《けが》はありませんか?」

「えぇ、平気よ。怪我もないわ。……そうそう、下でベアトリスお姉様にお会いしたの。少しだけだけど、会話も交わして」

「えっ」

素の声で驚《おどろ》くラナ。その反応に納得《なっとく》しながらも、話を続けた。

「もらった髪飾りが似合っていると、遠回しに褒めてくださったわ」

「お嬢様、さては幽霊《ゆうれい》でも見ましたか」

ラナが疑いたくなる気持ちは十分理解できる。

けど馬車を降りた先にいたのは、間違いなくベアトリス本人だったのだ。

「本物よ。というか、お姉様はまだご存命よ」

「そうですけど……全然想像できません。その光景」

「言いたいことはわかるわ。けど、本当なのよね……」

「そうなんですね……とても不思議です」

傲慢である姿がどうしても浮《う》かんでしまうベアトリスからは、想像がつかない行動。

(でも、あれもお姉様。私はまだ、本当に何も知らないんじゃないかな)

思考をまとめている間に、話題は別のものへ移った。

「あ！　そうでしたお嬢様、思い出したんです」

「思い出した？」

凄い勢いで首を縦に振るラナ。

「はい。レイノルト様というお名前に関してです」

「ああ。何かの有名人だったの？」

あのオーラならあり得るな、という軽い気持ちで聞くと予想外の答えが返ってきた。

「そうなんですよ！　有名人というか凄い御方《おかた》です。お名前はレイノルト・リーンベルク様で、フィルナリア帝国《ていこく》の大公かつ現フィルナリア国王の弟にあられる御方です」

「……え」

「思い出すのが遅《おそ》くなってしまいました……。もう少し早かったら、凄い方と縁《えん》を結べたかもしれないのに。観光も終わりましたし、もう関《かか》わる機会もないですよねぇ」

「…………」

残念です。というラナの声はもう私の耳に届いていなかった。

大公。しかも、大陸一の軍事力を誇《ほこ》り、商業や農業などあらゆる分野で栄えている、フィルナリア帝国の。そんな相手を前に不遜《ふそん》な態度を取ってしまったのではないかと、脳内はパニック状態になる。

しかも名前を呼ぶ許可を貰《もら》ったものの、相手は大公。そんな高貴な方だとは思いもしなかった。

あの日、家名を聞き逃《のが》すことがなければ――。

どうしようもない後悔《こうかい》が湧《わ》き上がり、パニックから抜《ぬ》け出すことはできなかった。


後悔に包まれた夜が明けると、建国祭の二日目が始まった。

今日の会場は地方の貴族が主催《しゅさい》する場所で、朝が早かった。

心情的な疲労《ひろう》とも相まって、寝不足《ねぶそく》の目をこすりながら準備を進めた。

落ち着く暇《ひま》もなく、頭を抱《かか》えながら馬車に揺られる。

(……だ、大丈夫《だいじょうぶ》。今日は地方だから、さすがに会わない……はず)

不安をかき消すように、ポジティブな方へと思考を無理やり持っていく。

その気持ちを維持《いじ》しながら、到着《とうちゃく》した会場へと足を運ぶのだった。

(……いない気がする)

悪評絡《がら》みの好奇《こうき》な視線よりも、レイノルト様の存在の有無《うむ》に意識が集中する。

(びくびくしていても仕方ないわ。せっかく地方に来たのだから、楽しまないと)

そう思い直すと、料理の置かれた場所へと移動した。

地方の醍醐味《だいごみ》と言えば、料理といっても過言ではない。地方の特産物を使用した食事を密《ひそ》かな楽しみにしていた私は、料理を目の前に笑顔《えがお》を取り戻していた。

(どれから食べようかな)

食事を吟味《ぎんみ》していると、あるものが目に入る。

(緑茶だ……!! まさか地方の会場にあるなんて)

思わず笑みが深まる。

地方の食事よりも緑茶に出会えたことの方が嬉《うれ》しく、意識は全《すべ》て緑茶に持っていかれた。

嬉しさいっぱいに手を伸《の》ばして、ぴたりと止めた。

周囲をちらちらと見ながら、彼がいないことを確認《かくにん》する。

(よし、いない!)

一瞬《いっしゅん》嫌《いや》な予感が過《よぎ》ったために身構えたが、その必要もなかった。

心を落ち着かせながら緑茶を手に取って、その場を後にした。

早速《さっそく》飲もうと隅《すみ》に行こうとした、その時。

「レティシア、来ていたのね」

(……嫌な予感はこっちだったか)

キャサリンの声が聞こえて、体中でため息をつくと足を止めた。

地方ということもあり、公爵《こうしゃく》家からはてっきり自分一人だけの参加だと思い込んでいた。

始まる面倒事《めんどうごと》に内心ため息をつきながら、キャサリンに向き合った。

王子妃《ひ》候補になったが故にもう絡《から》まれない、という期待はしていなかった。

(予想通りまだ利用するつもりなのね……王子妃に確定しなかった焦《あせ》りは、どうやら少し

はあるみたい。己《おのれ》のアピールをすればいいのに……私を使うあたり、自分に魅力《みりょく》がないと言っているようなものよね）

いつものように、キャサリンが優《やさ》しげな笑みを浮かべながら茶番の準備を始める。その間、既《すで》に私も心の中で毒づき始めていた。

好奇な視線が増えてくるのを肌《はだ》で感じる。

相変わらず見世物にしたいのだろう。だとしたら、この地方の会場は大正解だ。

感覚的な話だが、キャサリンの取り巻きは地方の方が多い。キャサリンのことを王子妃候補として妥当《だとう》だと考える者が多いため、彼女がここで茶番を行ってさらなるアピールをすることは、王子妃候補として絶対的な地位を確立させるのに繋《つな》がるのだ。

「レティシアっ、貴女《あなた》……」

（始まった……ん？）

いつものように、私の振《ふ》る舞《ま》いにとにかくいちゃもんをつけて、優しく注意する姉を演じ始める。そう思っていたが、キャサリンの様子がおかしい。

少なくとも今まで付き合ってきた茶番劇では見たことのない始まり方で、キャサリンは目に少し涙《なみだ》を浮かべていた。

形を変えて悲劇のヒロインを演じ始めるかと、少しだけ身構えた。

（でも違《ちが》う。いつもよりどこか……）

読めない表情を前に困惑《こんわく》しながらも、無表情を崩《くず》さずに見続ける。

「私に飲み物を取ってきてくれたのね！」

（……………なんですって？）

突然《とつぜん》すぎる言葉と、初めて見るキャサリンの喜ぶ姿に動揺《どうよう》が走る。けれども、落ち着いて状況《じょうきょう》の把握に努めた。そんなことなどお構いなしに、キャサリンは劇を続けた。

「嬉しいわ……。レティシア、貴女が気遣《きづか》いを身につけるなんて」

涙をぬぐう素振りを見せる。もちろんその手は濡《ぬ》れていない。

「貴女が少しでも変わってくれたのなら、私は本当に嬉しいの」

（あぁ……そういうことか）

王子妃候補にとどまった故に、焦りを感じているのではという予想は見事に的中した。

ただ一つ推測しきれなかったのが、扱《あつか》いの変化だ。性悪《しょうわる》な妹を見捨てずに根気強く改心させようとする姿は、本物であれば確かに素晴《すば》らしいことだ。だが、捉《とら》え方次第《しだい》ではいつまで経《た》っても妹を改心させることのできない、威厳《いげん》のない姉とも取れる。

それを防ぐためには、一つ先に進まないといけないと考えたのだろう。

（今まで散々注意してきた妹が、自分のおかげで少しずつ変わっていく。その姿を描《えが》きたいんでしょうね）

そうすれば、手柄《てがら》になる。

周囲はキャサリンに、人を更生《こうせい》させる力があると持ち上げ始めるだろう。

私にとって自分の扱いが変わろうとも、茶番劇に付き合わされる現実は変わらない。

それならば今まで通り無反応でも。そう考えが過る。

私が無言で立ち尽《つ》くしている間も、キャサリンは喜ぶ演技を続けていた。

「気遣いができて偉《えら》いわレティシア。次はセンスを磨《みが》きましょうね」

一瞬思考の処理が追い付かず、さらに表情が固まる。

「……なんだかよくわからない、変わった飲み物を人にすすめるのではなくてね」

キャサリンの一言に、思わず握《にぎ》った手に力が入る。無表情も崩れそうになり、怒《いか》りが表《おもて》に出そうになった。まるで自分の大好きなものを馬鹿《ばか》にされた気分。

そして、何よりも。

この緑茶のために、試行錯誤《さくご》して普及《ふきゅう》を目指す方々の努力をけなした。その一言を、私は許すことはできなかった。

幼い頃《ころ》から面倒事は大嫌《だいきら》いだった。特に、不必要な労力を伴《ともな》うことは。だからできるだけ楽に生きられる方法を選んできた。基本的に普通のご令嬢《れいじょう》方と目指す場所が違ったから、悪評には興味がなかったし、利用されることも気にならなかった。

ただ、自立して生きていくことを目指して、それに必要なことだけをコツコツとこなしていく人生。最終目標に関係のないことは、どんなに自分が最悪な状況に置かれても無視し続けた。

それが私、レティシア・エルノーチェの生き方だったと思う。

だからキャサリンの虚言《きよげん》にも当然興味はなく、放置する状態に近い対応を続けた。

でもその言葉だけは。

その言葉だけは、受け流すことを許せなかった。

キャサリンの声を聞いた瞬間、レイノルト様との出会いが頭を過った。緑茶を周知させようと奮闘《ふんとう》する彼の姿を、ほんの少しだけ見てきた。努力している彼がけなされたことに、気持ちが大きく動いた。

怒りなのだろうか。でも少し違う気がする。説明のつかない不快な感情を抱《いだ》きながら、私は無意識に初めてキャサリンに反論しようと動いた。

手にしていた緑茶を一瞥《いちべつ》すると、気持ちを落ち着かせる。

そして自分の世界に入り込んでいるキャサリンを見据《みす》えると、無感情に言い放った。

「喜んでいらっしゃる所申し訳ありませんが、この飲み物はお姉様に持ってきたものではありません」

「……」

私の反論に、さすがのキャサリンも驚《おどろ》き固まっている。

それもそうだろう。私が彼女の前で言葉を発するのは随分《ずいぶん》と無いことだったから。

その時間はあまりにも長すぎて、もしかしたらキャサリンは私のことを、無口で人前では話さないのが当たり前の妹、だと認識していたかもしれない。

キャサリンの瞳《ひとみ》の奥に動揺が走るのを確認した。好奇な視線を向けていた周囲の貴族達もそれは同様で、ひそひそと声が聞こえ始める。

「……て、照れなくても良《い》いのよ、レティシア」

「照れてなどいませんが」

「もしかして……拗《す》ねているの？　勝手に話したことを」

「全く違います」

キャサリンは優しい姉を演じ続けながら、どうにか軌道《きどう》を修正しようと試みる。

しかし私の否定により、いつものように上手《うま》くはいかない。

「その、ごめんなさいね？　貴女の気に障《さわ》るようなことをしてしまったみたいで。私ったら気を遣《つか》ってくれた貴女を見て、一人で勝手に舞い上がってしまったみたい」

「……」

「レティシア……愚《おろ》かな姉を許してくれる？」

上手くいかなくとも、やはり悲劇のヒロインは崩れない。多少の予想外な出来事が起ころうとも、自分の描く方向へ持っていくことに慣れているために、またすぐにキャサリンの世界が生まれ始める。

私の両手を取りながら、申し訳ないという瞳を向けて謝罪をする。反省する姿を見せているのだろうが、そこに本心などなく、全《すべ》ては周囲に対するパフォーマンスだということを私は理解している。

天使だ、聖女だ、などと呼ばれるキャサリンが非を認め謝る姿は、周囲にさらなる動揺をもたらす。だが、それさえも悪い姿として認識されない。刷り込みとは恐《おそ》ろしいもので、いつものように『妹の理不尽《りふじん》な怒りにも謝罪する、優しいキャサリン様』という謎《なぞ》の解《かい》釈《しゃく》が生まれる。そして、普段と変わらない私を蔑《さげす》む視線へと戻《もど》っていくのだ。これが作り上げられたキャサリンの世界とも言える。

太刀《たち》打《う》ちなどできないし、するつもりもない。

それでも黙《だま》って受け入れることだけはしたくなかった。

触れられた両手を振り払い、強い意志のもと、悲しげな視線を向けるキャサリンへ言いたかった言葉を投げつけた。

「お姉様、謝る相手が違うと思いますよ」

「え？」

「お姉様が馬鹿にされた飲み物は緑茶と言い、フィルナリア帝国《ていこく》の特産品です。確かにセシティスタ王国の人間からすれば珍《めずら》しいものですが、口をつけることもしないまま評価をするのは、緑茶を広めようとする方々に失礼になるかと」

「……」

こんな長尺で反論されると思わなかったのか、キャサリンは声も出ないようだ。そんなものはお構いなしに私は続けた。

「それと。先程《さきほど》気に障ったかと聞かれましたよね？　はい、その通りです。キャサリンお姉様の配慮《はいりょ》のない言動が、とても私の気分を害しました。ですので、今日は帰らせていただきます。……この会場にいても仕方ありませんから」

最後に周囲の貴族に視線を向けながら述べると、キャサリンに反論する時間も与《あた》えずに、その場から出入口に向かって歩きだした。

キャサリンがどんな反応をしていたかまでは興味がないが、周囲のざわめきは大きくなっていった。

(自分の世界に戻すために、あることないこと言って取り繕《つくろ》うならそれでもいい。言いたいことは言えたから、後は勝手にすれば良いわ)

決して縮こまることなどなく、堂々とした姿勢で馬車へと向かった。この後どんな面倒《めんどう》事《ごと》が起きようと、後悔《こうかい》はない。そんな気持ちを強く胸に抱きながら帰路に就《つ》いた。

第四章 ⋯⋯ 悪評の真実

翌日の朝。

「……お嬢様！」

「……ラナ」

「おはようございます、お嬢様」

気付けばラナに呼び起こされていた。

帰宅し部屋に入ると一人静かにベッドに沈《しず》んだ。まだ心には少しモヤがかかっていた。言い逃《に》げとはいえ、転生してから初めての反論をした。慣れないことへの疲労《ひろう》が段々とのし掛《か》かると、眠気《ねむけ》も相まって意識が飛ぶのに時間はかからなかった。

そして今に至る。

「パーティーは楽しめましたか？」

「……多分」

昨日は疲労が溜《た》まりすぎて、ラナを呼ぶ間もなく一人で着替《きが》えて寝《ね》てしまった。

「それなら良かったです。是非《ぜひ》後でゆっくり聞かせてくださいね。取り敢《あ》えず、着替えてしまいましょう」

楽しめた時間など一瞬《いっしゅん》たりとも存在しなかったが、眠気の取りきれない頭で説明するのも億劫《おっくう》になり適当に返事をした。

着替え終えたその時、部屋の扉《とびら》が叩《たた》かれた。

「失礼します」

「……どうぞ」

聞き慣れない声の主は、恐らく執事長《しつじちょう》だろう。ラナが静かに部屋へと入れる。

これから起こる出来事を無意識に察知してか、一気に目が覚める。

「レティシアお嬢様、旦那様《だんなさま》がお呼びです」

「え……？」

突然《とつぜん》の事に困惑《こんわく》するラナに対して、私の頭は完璧《かんぺき》に冴《さ》えていく。

「わかった、今行くわ」

「お嬢様……」

「ラナ、後で説明するね」

「……わかりました。お気をつけて」

不安そうに見つめるラナに力強く頷《うなず》くと、執事長の後について父の待つ書斎《しょさい》へと足を運んだ。

心当たりは一つしかない。

キャサリンが昨日起きた出来事を、自分の良いように父と兄に伝えたのは考えるまでもなくわかることだ。となれば、今から始まるのは説教かそれに近い話だと予想が付く。

いつものように無表情を張り付けると、これから起こる面倒事を見据えて扉を叩いた。

「失礼します」

「入りなさい」

中に入れば、そこには父だけではなく横に兄までいた。話を聞く気がさらに削《そ》がれながらも父の前に立つ。

「呼ばれた理由はわかるだろう、レティシア」

無言で睨《にら》んでくる兄を無視して、何も言わずに父に向かって小さく頷いた。

「キャサリンに対しての悪態は本人と周囲から聞いている。公《おおやけ》の場にもかかわらず、いつも以上に癇癪《かんしゃく》を起こしたと」

（あれって癇癪に入るんですね。私は正論を述べたつもりなのですが）

「その上、主催者《しゅさいしゃ》に挨拶《あいさつ》もなしに帰宅したと聞いた」

（あ、忘れてた。やらかしたなぁ……）

前者は完全にでっち上げられた作り話だが、後者は嘘偽《うそいつわ》りのない私の失態で間違《まち》いない。

失敗してしまったと後悔を覚える。

「癇癪は前々からキャサリンより話を聞いていた。自分に任せてほしいと言われたために、丸投げしてしまった私にも落ち度はある。だが、いつまで経《た》っても直る目処《めど》がつかないのなら考える必要があるな」

「……直らないと思いますよ」

冷ややかな視線で意見を述べる兄。私に対する態度は相変わらず蔑むものだった。

「……そうだな。取り敢えず、昨日の出来事に関しては反省するべきだ。だから今日は一日部屋で謹慎《きんしん》をしていなさい。最終日の夜会に出席することは認めない」

「わかりました」

普段《ふだん》行くことを望んでいない夜会へ行かなくて済むのだから、もっと気分が上がるかと思ったがそうでもなかった。疲《つか》れているからだろうと思い直す。

謹慎を言い渡《わた》されると少しの沈黙《ちんもく》が流れた。これで話は終わりだろうと思い、部屋に戻る旨を伝えようとする。しかし父の発言により言葉を呑《の》み込むことになった。

「レティシア。キャサリンは身内で姉だが、迷惑《めいわく》をかけるとしても限度がある。わきまえなさい」

「少しはキャサリンを見習ったらどうだ」

最後の言葉は、親として兄として私を案じて伝えたのかもしれない。ただそれは本当の私に対してではなく、キャサリンの作り上げたレティシアに対するものと言う方が正しい。

その言葉に頷く理由もないので、ただ聞き流す。

「……」

「はぁ……レティシア、お前も少しは成長しなさい。いつまでも子どもでいられるわけではないんだぞ」

いつものように無反応で終わらせるつもりだった。でも心の調節が上手《うま》くいかない。キャサリンに反論する時はいつも心の中でしているが、昨日は珍しく口に出した。そしてまた、心の内でとどめることができなかった。

「面白《おもしろ》いことを仰《おつしや》いますね」

心のネジの調節がきかなかったのか、私の本心がそうしたのかはわからない。気が付けば声が出てしまっていた。

キャサリン同様普段喋《しやべ》らない私が声を発したものだから、父と兄は固まっている。その様子を見ながら、やってしまったと思ったが、心の中で抑《おさ》えられなかったものは仕方ない。

後に引けなくなった私は、そのまま続けた。

「成長しなさい、ですか。私のことを何も知らない。そんな方々にだけは、言われたくないお言葉ですね」

そう告げると、笑《え》みを向けた。そこには何の意図も感情もない。

ただの作法に過ぎない、張り付けた笑み。

「謹慎はします、喜んで。お時間を取らせてしまい申し訳ありませんでした。今後、キャサリンお姉様にも、御《お》二方にも関《かか》わることのないよう努力いたします」

嫌《いや》みを口に出すことに慣れていないため、嫌みを言えているかどうかわからないが、普段内心でする反論をそのまま吐《は》き出した。

「では失礼します」

キャサリンの時と同じく、相手に物を言わせる隙《すき》を与《あた》えずに部屋を去る。唖然《あぜん》とする二人を置いて一人颯爽《さっそう》と自室へ戻《もど》った。

時刻は正午。

ラナに一連の出来事を説明すると、とにかく労《いたわ》ってくれた。ゆっくり休むようにと言い残して、侍女《じじょ》としての仕事をこなしに向かった。

建国祭最終日のパーティーは、開始時刻が早い。そのため、出席する予定の家族は既《すで》に家を出ていた。誰《だれ》もいない室内を見渡《みわた》して、ふと思いつく。

(たまには屋敷《やしき》内でも歩こうかな)

なんとなく思いつくと、すぐに一人で行動に移す。

(静かだな……当たり前か)

自分の部屋から出て広間へ繋《つな》がる廊下《ろうか》を進む。静まり返った屋敷が家族の不在を実感させた。その心地《ここち》良い空気を堪能《たんのう》しながら、何も考えずにぼんやりと歩く。眩《まぶ》しい日差しを窓から眺《なが》めると、外に出ることは諦《あきら》めた。日傘《ひがさ》も用意をしていない上に庭園は無駄《むだ》に広い。かえって疲れるだろうと、視線を廊下へと戻す。家の広さを足で感じながら散歩を楽しむと、図書室の前で足を止めた。

(扉が少し開いている……換気《かんき》かな)

どの部屋の扉も閉まる中、唯一《ゆいいつ》開いている部屋に目が行く。

同時にあることに気が付いた。

(そう言えば図書室に入ったこと無かった)

図書室がある部屋はベアトリスとリリアンヌの部屋の近くなので、無意識に近寄らないようにしていた。

屋敷の西側にベアトリスとリリアンヌの部屋がある。

とは言え二つの部屋の間には図書室が存在するため、部屋同士が近いという訳ではない。私の部屋は、同じく屋敷の二階の東側に存在する。階数は同じとは言え、その距離《きょり》は遠い。キャサリンの部屋は西寄りだが中央と言える一階にある。どの姉達の部屋も西側にあるために、関わりが少なかったのだろうと今になって思う。東側にある他《ほか》の部屋は書斎と父と兄のそれぞれの部屋だ。滅多《めった》に部屋にいない彼らともまた、交流を持つ機会はなかった。

（誰かお姉様の部屋が隣《となり》だったら、関わる機会も多かったのかな）

もしもの事をふんわりと考えながら、図書室へ足を踏《ふ》み入れた。

（うわぁ、凄《すご》い。こんなに本があったなんて知らなかった）

中には図書館顔負けの冊数の本が並んでいる。いくつもの本棚《ほんだな》が列をなし、あらゆる分野の専門書から少し変わった物語の本まで、様々な種類の本が置いてあった。

（さすが公爵《こうしやく》家……）

奥へ進むと、外の暖かな風が足元に吹《ふ》いてきた。

（侍女の誰かが掃除《そうじ》で窓でも開けているのかな）

ぼんやりしながら歩き進めると、人影《ひとかげ》が見えた。

邪魔《じゃま》にならないよう静かに横を通り過ぎようとすると、その正体に目を疑った。

その人は、窓際《まどぎわ》の席に座《すわ》りながら本を読んでいた。

少し暗めのブロンド。艶《つや》のある綺麗《きれい》な髪《かみ》がなびいており、薄《うす》い緑色のドレスは品の良さを際立たせる。まるで、女神《めがみ》のように穏《おだ》やかで優《やさ》しげな表情を浮《う》かべながら本と向き合う人物。それは――。

（リリアンヌお姉様……？）

いや、そんなはずはない。

今日は建国祭最終日。

王子へのアプローチとしても、大切な場である夜会にリリアンヌは行っているはずだ。

ここにいる事はあり得ない。そう思いながらゆっくりと瞬《まばた》きをする。

けれども、驚《おどろ》くことに見間違《みまちが》いではなかった。

(あの髪色はリリアンヌお姉様だわ……)

そして見たこともない姉の姿に困惑《こんわく》する。

私の知るリリアンヌとは、基本的には甘過ぎるドレスを身に着けて、女の子らしさの限度を余裕《よゆう》で超《こ》えたくどさを持った人物だ。私の中にはそういう印象しかない。

しかし、目の前に座る女性からは到底《とうてい》その雰囲気《ふんいき》を感じられない。甘さもくどさも嘘《うそ》のように思えるほど、爽《さわ》やかで上品な雰囲気をまとっていた。その風貌《ふうぼう》はとても美しく、普段の容姿とは全く異なる印象を受ける。

(別人みたい……でも特徴《とくちょう》がリリアンヌお姉様なのよね)

驚き固まりながら凝視《ぎょうし》していると、本を読み終わった様子のリリアンヌと目があった。

私の存在に気付いたリリアンヌは大きく目を見開き驚いた。

受けた衝撃《しょうげき》によって固まっていた私だが、反射的に挨拶《あいさつ》をした。

「ごきげんよう。リリアンヌお姉様」

「……ごきげんよう、レティシア」

軽く一礼をしながら述べると、さらに衝撃を受けた様子のリリアンヌは少し時間をおいて挨拶を返した。

「…………」

「…………」

不思議な沈黙《ちんもく》が流れるが、正直どうしていいかわからない。

思考が冷静になると、なんだか見てはいけないものを見てしまったような気がして、いたたまれなくなる。見なかったフリとまではいかないが、深入りをしない方が良いのではと考え始めた。

(関心を持とうと、知る努力をしようと思ったけれど。この状況《じょうきょう》でそれができるほど私のメンタルは強くないわ……うん。またの機会にしよう)

図書室を立ち去ることを決めると、再び挨拶をしようとリリアンヌの瞳《ひとみ》を見る。

「……では、私はこれで。失礼します」

来た方向へ踏み出そうと体を反転させたその時、リリアンヌが口を開いた。

「レティシア、待って」

「……？」

「貴女《あなた》、この後時間はある？」

唐突《とうとつ》な質問に今度は私が小さく目を見開く番だった。リリアンヌの意図を考えるよりも先に自然と頷《うなず》いた。

「それなら、少しお茶をしましょう」

「大丈夫《だいじょうぶ》です」

「ですが……お姉様は読書中では。それにご予定はございませんか」

これからでもパーティーにいく可能性はゼロではない。

そう考えての言葉は爽やかに否定される。

「本なら読み終わったわ。それに私、今日はパーティーには参加しないの。……見る限りレティシアも、よね？」

「はい」

「ならお互《たが》い大丈夫そうね。私の部屋は隣だから、そこでお茶をしましょう」

「……わかり、ました」

想像もしなかった誘《さそ》いに動揺《どうよう》しながらも、ぎこちなく頷く。

ちらりと本に視線を向けると、『誰でもわかる経営学』という題名であった。

（リリアンヌお姉様が経営学……？）

予想外のジャンルに驚きながらも、立ち上がったリリアンヌの後ろを付いていく。

自然と遠慮《えんりょ》をしてしまい、質問することさえも躊躇《ちゅうちょ》してしまう。それを感じ取ったのか、リリアンヌがごく普通《ふつう》の日常会話のような話を振《ふ》ってくれた。

「そう言えばレティシア。よくその部屋着を着ているわね。お気に入りなの？」

「え……あぁ、はい」

一瞬戸惑《いっしゅんとまど》うものの無難な答えを返す。普段家にいる時間が極端《きょくたん》に少ないため、そこまで多くの部屋着を必要としない。だから本当は数枚を着回しているだけなのだ。持っている服は全《すべ》て似ているので、お気に入りというよりも拘《こだわ》りがないという方が正しい気がする。

「ドレスも似たものが多いけど、同じ理由？」

「……そうですね」

ドレスも似たような状況なので、濁《にご》すように答える。

（それにしてもよく見ているな、関《かか》わる機会が少ないのに。……いや、ドレスに関しては本当に着回しているから。でもバレないように、リメイクとかをしていたつもりなんだけどな）

やはり普段から多くのドレスを目にしてきたリリアンヌは、物を見る目が鍛《きた》えられているのだろう。関わる機会が少ないからこそ、見る度《たび》に同じような服やドレスを着ていれば嫌《いや》でも覚えるもの。そう結論にたどり着くと、もう少し身だしなみに時間とお金を割《さ》こうという思いが芽生えてきた。

リリアンヌの部屋に向うと、扉《とびら》の前に人影が見えた。

その人影はこちらの存在に気が付くと、勢いよく近付いて来た。

そして小さく、しかし覇気《はき》のある声をあげた。

「リリアンヌ……！　いくら終わったとは言え気を抜《ぬ》くのが早いわよ、不用心にも程《ほど》が」

「ごきげんようお姉様」

「ご、ごきげんよう。ベアトリスお姉様」

「な、何でここにレティシアが」

声の主はベアトリスであった。リリアンヌの陰《かげ》に隠《かく》れていた私に気が付くと、明らかに動揺している。

「もしや……抜け駆《が》けしたのね、リリアンヌ！」

「誤解ですわお姉様。私は少しレティシアとお茶会をしようと」

「それを抜け駆けというのよ！」

「まさか。それにお姉様は既《すで》に何度か接触《せっしょく》されているではありませんか」

「まだしっかりと話せてないのよ。無いようなものなんですから」

「あら。お可哀想《かわいそう》に」

「お黙《だま》りなさい」

(抜け駆け……抜け駆けって何の話？　それに可哀想って何が……？)

二人の会話のほとんどが理解できず、二人が言い合う横で一人混乱するしかなかった。

怒《おこ》っている様子ではなく、少し不機嫌《ふきげん》で文句を言っているように見えるベアトリス。

それに対して軽い口調と雰囲気で宥《なだ》めるリリアンヌ。

その空気は親しい関係にしか出せないものだった。

(驚いた……お姉様達って仲が良かったのね)

衝撃を受けながらも、滅多《めった》にない機会だと思い直すとじっくりと観察をし始める。

「……待って」

「どうしました？」

「今日建国祭を欠席したのはレティシアと話すため、ではないの？　だとしたらやっぱり抜け駆けじゃない……！　よく否定できたものね」

「あら、ばれました？」

リリアンヌが一切《いっさい》取り繕《つくろ》わずに、素《す》を見せている。それは信用している証拠《しょうこ》と言えるだろう。リリアンヌに嫌《いや》みを言いながらも、その中に労《いたわ》る想《おも》いが見え隠れしているベアトリスもまた、リリアンヌのことを大切に思っている様子が窺《うかが》える。

(仲が良いのはもちろん、それだけじゃない。二人は信頼《しんらい》関係が完璧《かんぺき》に構築された姉妹《しまい》。……いいな、ああいう何でも言い合える関係)

二人の関係を少しずつ理解すると同時に、それに対する羨《うらや》ましさを感じ始めた。

「というのも冗談《じょうだん》です。欠席理由はお姉様がよくご存じではないですか」

「待ちなさい、ということはまた仮病《けびょう》を使ったの!?」

「け、仮病？」

耳にするとは思わなかった言葉に、思わず復唱してしまう。

どうにか会話に加わりたくて、頑張《がんば》って声を出そうとした結果でもあった。

「そうよ、仮病。パーティーに行きたくなかったの」

リリアンヌの回答はどこか腑《ふ》に落ちなかった。受け答えからして、気分ではなかったというだけではないように感じた。

「レティシアとは偶然《ぐうぜん》会ったから、まだ欠席理由を話してなかったわね。これからその話も含《ふく》めて、お茶会をしながら話そうとしていたのだけど」

私からベアトリスへ目線を移すと、リリアンヌはにこやかに告げた。

「……お姉様もよければ」

「参加するに決まっているでしょう」

実の姉ながら、二人揃《そろ》うと視界が華《はな》やかになる。

悪評とは別物のように見えるということもあり、雰囲気《ふんいき》は上品そのものだ。

「それでは行きましょう。レティシア」

「はい」

「……待ちなさい。どこでやるつもり？」

「私の部屋ですよ？」

「……リリアンヌのあの部屋では落ち着けないでしょう。私の部屋にしましょう」

「本当ですか。ではお言葉に甘えて」

思わず首をかしげる。

「私の部屋ね、とても派手なの」

その様子に気が付いたリリアンヌが、部屋の扉を開けながら教えてくれる。

そこは今までのリリアンヌに対する印象に近い、ピンクが基調の部屋だった。

「相変わらず悪趣味《あくしゅみ》ね」

「自分でもそう思いますわ。……さ、お姉様の部屋へと向かいましょう」

向かうと、ベアトリスの命で数名の侍女《じじょ》がお茶菓子《がし》や飲み物などの準備をし始める。彼女達は、落ち着いた様子で命じたベアトリスにも、リリアンヌの変わった様子にも反応しなかった。その様子を不思議そうに見つめると、リリアンヌが真実を教えてくれた。

「私とお姉様にはね、関係が密接な侍女がいるの。普段はキャサリンに仕えたいって、他《ほか》の侍女に交ざって言っているけどね」

「そうだったんですね」

納得《なっとく》しながら頷くと、リリアンヌは心配そうに尋《たず》ねた。

「レティシアには……そういう侍女がいるかしら」

「はい。優秀《ゆうしゅう》な侍女が仕えてくれています」

「そう。それは良かった」

リリアンヌは、安堵《あんど》しながら微笑《ほほえ》んだ。

公爵《こうしゃく》家に仕える侍女達がキャサリン第一であることは、知っているようだった。

話に区切りがつくと、お茶会の準備が終わり、私達は席に着くことになった。

「お、お邪魔《じゃま》します」

座ろうとすると、早速《さっそく》小さなにらみ合いが始まった。

「レティシア、隣《となり》に座《すわ》りましょう」

「リリアンヌ」

「あらお姉様。ソファーは二つしかありませんのよ？」

「貴女《あなた》の隣に座る理由は無いでしょう」

「そうでしょうか。ねぇレティシアはどこがいいかしら」

「えっ、えっと……」

お上品な火花が再び散り始める。決定権を委《ゆだ》ねられたので、答えを提示した。

「お姉様方がそれぞれソファーにお座りください。私は一人用の椅子《いす》に座ります」

そう告げて着席する。

「残念。引き分けですね」

「……そうね」

二人が座る様子を眺《なが》めながら、一安心する。

「そう言えば私は仮病で欠席しましたけど、お姉様は？」

「私は謹慎《きんしん》よ。代理出席の件でね」

「あ……」

「勘違《かんちが》いしないでレティシア。謹慎に関して、貴女が責任を感じる必要は一切ないわ」

ベアトリスの言葉に納得すると、こくりと頷《うなず》いた。

「レティシアは？　元気そうに見えるから私と同じで仮病かしら」

「いえ、私も謹慎でして」

「あら、私と同じじゃない。……待って、もしかして代理出席が」

「い、いえ。私はその。キャサリンお姉様から反感を買ってしまったみたいなので」

「……なるほど、お父様に何か言いつけたのね。相変わらず良《い》い性格しているわね、本当」

「こればかりは貴女に同意よ、リリアンヌ」

（……もしかしてとは思っていたけど、お姉様方はキャサリンお姉様の本性《ほんしょう》を見抜《みぬ》いているのかもしれないわ）

二人の様子を窺っていると、リリアンヌがこちらを向いて笑《え》みを深めた。

「それにしても。レティシアがここまで評判と違うとは。お姉様の言った通りでしたね」

「驚《おどろ》いたでしょう？　私もここまでとは思わなかったわ」

「!?」

比較的《ひかく》軽い話題からいきなり重要な話が始まった。二人から驚きの言葉が発されると、評判の二文字に体が無意識に反応した。

「身構えないで。元々あの評判が真実だとは少しも思ってなかったのよ。ただ、本当のレティシアのことも知らなかったから。今日出会えたことは、良い機会だし自分の目で確かめようと思ったの。……今更《いまさら》なことをしている自覚はあるわ」

リリアンヌの発言は情報過多で、脳内処理が上手《うま》く追い付かない。

「見る限りあの人……お母様とは似てないし、変な影響《えいきょう》も受けてなければ、毒された痕跡《こんせき》もなし。想像以上に綺麗《きれい》な心ね。良かった、安心したわ」

「ですわね、お姉様」

(勝手に安心されているとこ申し訳ありませんが、理解が追い付いていません、お姉様方！)

この状況下《じょうきょうか》に遠慮《えんりょ》も配慮も必要がないことだけは理解できた。

どうにか聞きたいことを整理して、勢いのまま疑問を投げかける。

「あの、真実だと思わなかったってどういう」

「だってあの評判はキャサリンが勝手に流したものでしょう」

「!!」

リリアンヌが予想外の発言をした。

「あら違った？　もしかしてそう思われるように振《ふ》る舞《ま》ったりしていたとか」

「決してそんなことは」

「そうよね、私じゃないのだから、私じゃないのだから」

「私じゃないのだから……？」

勢いはすぐさま失われ、再び固まってしまう。

重なる疑問を察したのか、リリアンヌはまずは自分の話をしようと告げた。

「レティシアがキャサリンという、自分以外の所から生まれた評判を背負っていることに対して、私は自分から悪く思ってもらえるようにわざと悪い評判を植え付けにいったの。結果、大成功でしょう？」

「成功……確かにしていますが、でもどうして」

「どうしても避《さ》けたいことがあるからよ。そのための演技といっても過言ではないわ」

「……避けたいこと？」

もはや私にとって衝撃《しょうげき》発言しかしていないリリアンヌだが、さらなる爆弾《ばくだん》を落とした。

「私はね、エドモンド殿下《でんか》とは死んでも婚約《こんやく》したくないの」

ベアトリスの動じない姿から察するに、事情把握《はあく》済みのようだ。

冗談《じょうだん》のようにさらりと述べられた言葉は、嘘《うそ》のように聞こえてしまう。

それでも纏《まと》う雰囲気は至って真剣《しんけん》なものだった。

「……理由を、聞いても」

「もちろんよ。と言っても、そんなたいしたことではないけれど」

思ったより深刻な背景でないことに安堵しながら、リリアンヌの語り始めた過去の話に耳を傾《かたむ》けた。

「幼少期にね、エドモンド殿下の話し相手として王城に連れていかれたことがあるの。その日は元々お兄様が向かわれるはずだったのだけど、体調を崩《くず》されて。代わりではあるけれど役目を果たそう、くらいの気持ちで挑《いど》んだの。幼いながらに緊張《きんちょう》して意気込《いきご》んだものの、結果は最悪なものだったわ」

最悪なものという言葉から連想されるのは、起こしてしまった失態だ。

不敬にあたることをしてしまったのだろうかと頭に浮《う》かぶ。

「挨拶《あいさつ》して会話が始まるでしょう？　私はそれなりに話題を考えて、殿下との話に備えたわ。でも自分から話すのも違うと思って、静かに待とうとしたら、殿下はすぐさま喋り始めたの。耳を傾けて集中したけれど、出てきた言葉は説教じみたものだった」

「せ、説教？」

想像できない状況に思わず聞き返してしまう。

「えぇ、説教。……当時の私やお姉様の評判はあの母親のせいで勝手に悪いものにされていたから。でもあくまでも噂《うわさ》程度というか、その時点では信憑性《しんぴょうせい》が高い評判ではなかったと思うわ。けれども殿下の中での私は違った。あの方の中ではね、出会った時から私は周囲に迷惑《めいわく》をかける自分本位な令嬢《れいじょう》だったの」

「……初対面ですよね？」

顔を合わせるのが初めてだった相手に向けて、説教。理解できない行動に首を傾《かし》げる。

「えぇ、おかしな話よね。初対面の人間なのに、知ったような口で自分勝手な振る舞いはしない方が良い、って苦言を呈《てい》するんだもの。だから困惑《こんわく》したけれど、足りない頭で考えたの。恐《おそ》らく噂話や確かではない評判が、殿下の中では絶対だったんじゃないかなって。お兄様から愚痴《ぐち》を聞かされてそれを信じた可能性はあるけれど、そんなことは別にどうだっていいの」

もしかしたら親しくしていた兄を思って出た言葉かもしれないとリリアンヌは述べたが、だとしても関係ないと続けた。

「あの場で私が彼に幻滅《げんめつ》した理由は、人の話を鵜呑《うの》みにして、目の前に本人がいるというのに確かめもしないで接していたことよ。しかも苦言も説教も正義感からやっているんだから、余計にたちが悪く感じたわ。そのたった一日だけで、殿下という人の根本が見えた気がして。あ、この人は無理って直感的に感じたのね。そこからはもう生理的に受け付けなくなったのが、大きな理由かしらね」

流れるように軽く語っているが、考えてみれば恐ろしいことだ。準備をして臨《のぞ》んだ席で、受けたのは苦言という名の文句。予想もしなかった状況だというのに、冷静に分析《ぶんせき》できるリリアンヌに感心してしまった。

「でも真面目《まじめ》に生きていたら、婚約者候補筆頭になること間違いなしでしょう？　腐《くさ》っても肩書《かたが》きは公爵令嬢《こうしやく》なんですもの。いくらお母様や自分の評判が悪くとも、お父様は宰《さい》相《しょう》だし。下手《へた》したら婚約を結ばれかねない状況だった。だから行動したの。自分を悪く見せるためにね」

とにかくエドモンド殿下から嫌悪《けんお》されるための行動として、まずは家の中で性悪に見られるように演技を始めたと言う。

「殿下の耳に届ける最適な方法は、お兄様を経由すること。だからまずはお兄様から嫌《きら》われることを目指したわ。と言っても元々嫌われていたから事は早く進んだんだけれどね。関《かか》わる機会なんてそんなに無かったのに、気付いたら嫌われていたのよね。不思議。まぁ、今となってはどうでもいいし、大方キャサリンの仕業《しわざ》だと思うけれど」

そう言われ、キャサリンがカルセインに何かを吹《ふ》き込む様子が容易に想像できた。

リリアンヌ曰《いわ》く、評判《イメージ》とは定着させた後こそ大切のようだ。

だから家だろうが外だろうが関係なしに、決して気を抜かずに偽《いつわ》り続けたという。その意識は部屋の装飾にまで及んでおり、わざと可愛らしく派手にしていると語った。

真実を知っていたのは、自分の味方になってくれた侍女《じじょ》だけだと続けた。

「慣れてしまえば苦ではなかったわ。私にとって、殿下と婚約させられる方が苦だったしね。……それに、努力は実を結んだでしょう？」

「……はい」

その言葉通り、リリアンヌは婚約者候補には名前が挙がらなかった。

そしてキャサリンが選ばれた今、リリアンヌの策は成功を収めたと言える。

「だからこれからは、ゆっくりと社交界から消えようと思っていてね。今消えれば周囲は、候補に選ばれなかった故《ゆえ》に失意で社交界を去った、とかなんとか噂してくれるでしょう」

終わり方まで計算し尽《つ》くされていて、リリアンヌの計画の綿密さが見えた気がした。本当のリリアンヌという人は、評判には何一つ該当《がいとう》しない。むしろ聡明《そうめい》で気高い人なのではないか、という考えが頭を巡《めぐ》る。

「リリアンヌ。社交界からいなくなるだなんて話は初耳よ、貴女《あなた》は」

「お姉様。私が自分で決めた事ですわ」

「でも」

「うふふ。もしかして心配してくださるのですか？　でも大丈夫《だいじょうぶ》ですから。これからどうするか、まだ悩《なや》んでいます。社交界から消えることは、すぐのことではありませんよ。お姉様のこともありますしね」

社交界から姿を消すことは、どうやらベアトリスも初めて知ったようだ。

ベアトリスの焦《あせ》る表情が窺《うかが》えた。

「ベアトリスお姉様のこと、ですか？」

「ええ。実は――」

「リリアンヌ。今度は私が話してもいいかしら？」

「もちろん」

リリアンヌの言葉を遮《さえぎ》ると、ベアトリスはそこからは私がと言って交代を申し出た。リリアンヌも意図がわかっているからか、快諾《かいだく》した様子に見えた。

「……レティシア。貴女と関わって本当の姿が見えてきてから、ずっと話そうと思っていたことがあるの」

真剣な眼差《まなざ》しになるベアトリスに、空気が一変する。リリアンヌもそれに影響《えいきょう》を受けてか、静かで穏《おだ》やかな雰囲気《ふんいき》に代わり、今度は張り詰めた雰囲気をまとい始めた。

「でも決して良い話ではないわ。……それでも、聞いてくれる？」

息を呑みながら、力強く頷《うなず》いた。

「ありがとう。……まずは質問するわね。レティシア、貴女はどれくらいお母様について知っているのかしら」

「……ほとんど知りません。私の中にいるお母様は、他者から聞いた知識に過ぎないので」

私が生まれてから母が亡《な》くなるまで、関わる回数は決して多くなかった。末の娘《むすめ》ということもあってか育児は乳母《うば》に丸投げされ、成長してから淑女《しゅくじょ》教育を始めればますます関わる機会はなくなった。

(思い返せばまともに会話をした記憶《きおく》がない気がする。いつも遠目に見るくらいで、同じ空間にいることすら少なかったもの)

恐らく私に対して何の興味も関心も抱《いだ》いていなかったのでは、と今でも思っている。

「過ごした年数は、子ども達の中では一番少ないものね。当然のことだわ。関わることも無かったでしょう?」

「はい。全くと言って良いほどありませんでした」

それはベアトリスが想定していた答えだったようで、確認《かくにん》が取れたという様子で頷いた。

「子ども達の中であれば、私がお母様——あの人と関わる機会が最もあったと断言するわ」

あの人。ベアトリス達は母のことをそう呼んだ。そこからはただならぬ想《おも》いを感じる。

「私の幼少期は一言で言うとね、お母様……あの人に利用され続ける日々だったの」

「利用って……子どもを、ですか?」

「ええ。あの人はね、社交界での名声を命と同じくらい大切にしていたの。それはもちろん娘よりも。社交界の薔薇《ばら》と称《しょう》されていたあの人は、同時に聖女の皮を被《かぶ》った悪魔《あくま》とも言われていた。どんな手を使ってでも、社交界の注目を集めるのがあの人で、自分より目立とうとする人間には容赦《ようしゃ》しなかった」

ベアトリス曰く、社交界の薔薇だと自身を呼ぶ者にはずっと良《い》い顔をし続け、自分よりも目立つ目障《めざわ》りな人間には手段を問わずに蹴落《けお》としていったと言う。その卑劣《ひれつ》な行いは決して表に出ることがなく、最後まで母の評判は落ちなかったという。

それ故に父は母がこの世を去るまで、本性《ほんしょう》を知らなかったとベアトリスは推測した。

「蹴落とす対象は自身の子どもも入ったのよ」

「えっ」

「驚《おどろ》くわよね。でも普通《ふつう》じゃないの、あの人は。子どもに、私に注目を集めないようにするために、洗脳をしたくらいだから」

「せ、洗脳!?」

衝撃的《しょうげき》な言葉に加えて、母という人物が到底《とうてい》理解できそうにないことがわかった。

「結婚《けっこん》をして、子どもを産んだ貴族の女性なのだから、子どもを立派に育て素晴《すば》らしい親だと評価されることを目指すのが、普通よね。けれどそうしたら、自分は一番にはなれない。あくまでも主役は子どもで、自分は立役者。注目を一身に集めることはできなくなる。あの人はそれが我慢《がまん》ならなかった。だから、立派に育てる道を放棄《ほうき》して、それどころか子どもを悪いように利用する道を選んだの」

「でも一体どうやって……」

子どもを利用してまで、注目を集めたいという欲望の塊《かたまり》であることにしか理解が追い付かなかった。

「子どもの教育には力を入れて頑張《がんば》ったけど、報《むく》われなかった哀《あわ》れな夫人。それでも諦《あきら》めずに、ひたむきに頑張ろうと努力し続ける素晴らしい夫人。……こう評価されれば、貴族の良い視線は自分だけに集中すると踏《ふ》んで、私を問題児に仕立て上げたの」

「問題児って、まさか」

「ええ、そのまさかよ。洗脳、と言ったでしょう？　あの人は私に、傲慢《ごうまん》に振《ふ》る舞《ま》うよう言い続けたの。貴女はエルノーチェ公爵家のお姫《ひめ》様、何をしても許されるのよって。でも普通に考えて、自由に暴れるなんて真似《まね》がおかしいことくらいわかるわ。だからそれを拒《きょ》否《ひ》したの。……でも、それが無駄《むだ》な抵抗《ていこう》だとわかるのに時間はかからなかった」

その状況《じょうきょう》は、まるで今自分が置かれている立場のようで。勝手に自分のことのように胸が痛くなり始めた。

「母は、私が自分の意思で母の思い通りに振る舞っていないことを察すると、無視をし始めたの。段々それは過激になって、家に仕える侍女にまで無視をさせたり、食事を出してもらえなかったりする日々が始まったの」

「それって、虐待《ぎゃくたい》じゃ」

「そうね。でもバレなかった。あの人は父の前では徹底《てってい》して猫《ねこ》を被っていたから」

「助けは、求めなかったのですか」

「お父様へ報告しようとしても、先回りされてしまって。必ず根回しされているせいで真実が伝わることはなかったわ。大抵《たいてい》のことは、教育の一貫《いっかん》とでもはぐらかしていたんじゃないかしら？　物は言いようだもの」

（お母様のことをまともだと思ったことは無かったけど、まさかここまで酷《ひど》いだなんて）

父も母も、親らしいことをしていないのは明らかだった。

「だから諦めたの。諦めて、あの人の思うように振る舞えば、最低限食事はもらえたから」

寂《さび》しそうに笑うベアトリスを見て、胸が苦しくなる。ベアトリスが話をひとまず終わろうとした時、リリアンヌが存在感のある声で挟《はさ》んだ。

「レティシア、違《ちが》うの。お姉様は諦めざるを得なかったのよ」

「リリアンヌ」

「お姉様、ここからは私の番です。嫌《いや》と言っても話します。……この話は、レティシアにも知る権利があるもの」

絶対的な意志を秘《ひ》めた瞳《ひとみ》が、ベアトリスを貫《つらぬ》く。その様子を見て、ゆっくりとベアトリスは頷いた。

「……好きにしなさい」

「はい。……レティシア。あの人はね、お姉様が思い通りにならないと判断すると、今度は私に洗脳をし始めたの。私は幼くてなんだかわからなかったけど、お姉様は全《すべ》てを悟《さと》った。私を自分の代わりにするつもりだって。それを許せなかったお姉様が、自ら嫌《きら》われ役に……犠牲《ぎせい》になってくれたのよ」

「それは……」

リリアンヌの言葉は、もしかすれば私も洗脳される可能性があったことを示していた。

その未来を守ったのは、紛《まぎ》れもなくベアトリスなのだと、段々と理解が追い付いた。

「お姉様は私を含《ふく》む弟妹《きょうだい》を守るために、自らの人生を犠牲にした。傲慢だ、自分勝手だ、公爵令嬢《こうしゃくれいじょう》として評価するに値《あたい》しない。そんな言葉は何も知らない愚《おろ》か者の戯言《たわごと》よ。それはあの人が作り出した、あの人の理想像であるベアトリスという虚像《きょぞう》にすぎない」

リリアンヌは両手を重ねると、自身の手を強く握《にぎ》りしめた。

ベアトリスは複雑な表情になっていく。

「……でもそんなお姉様も愚か者よ」

ベアトリスの方に体を向けながら、どこかあきれた声色《こわいろ》で話を続ける。

「だって一人で抱《かか》え込んで、一人で弟妹を守れるだなんて思い込んでいるんですもの。傲慢そのものじゃない。自分勝手に犠牲になるんですもの、最悪よ。でも、最後まで守り抜《ぬ》いてくれた。おかげ様で私はもちろん、他《ほか》の弟妹にも危害が加えられることはなかった。……そんな姉を、私は誇《ほこ》りに思うわ」

責めるような声色は段々と思いを込《こ》めたものへ変化し、震《ふる》えていった。

心の底からの思いであることが聞いてわかる。その言葉から悟った。

「……珍《めずら》しいわね、リリアンヌがそんなことを言うだなんて」

「事実ですもの。嘘偽《うそいつわ》りのない私の本音ですわ」

「ありがとう。でも貴女《あなた》の言う通り、私が勝手にやったことだもの。余計な感情や同情は不要よ。……もちろん、レティシアもね」

「何度も聞きましたわ。全てを知って無関心でいられるほど、私は冷たくないのですよ？」

初めて聞かされた真実を前に、胸が張り裂《さ》けそうなほど激しい悲しみと罪悪感に襲《おそ》われた。余計なことを考えるなとベアトリスは言うが、そんなこと簡単に受け入れられるものではない。複雑に思いが絡《から》み合うなか、なんとか必死に涙《なみだ》をこらえていた。

「……泣くのではないわよ、レティシア。涙は別の機会に取っておきなさい」

「……はい」

その言葉に唇《くちびる》をぎゅっと噛《か》む。

「……でも。今日だけは見ないフリをしてあげる。だから我慢しなくていいわ。……嫌な話を聞かせ続けてしまって申し訳なかったわね」

「そんなことっ……」

「あらあら、大粒《おおつぶ》の涙ね」

二人の姉はいつの間にか私の傍《そば》にきており、しゃがみながら私を優《やさ》しい眼差《まなざ》しで覗《のぞ》き込んでいた。

「ありがとうございます、私に、自由をくれて……」

「別に……何もしてないわ」

「素直に感謝は受けとるものですよ、お姉様」

私が母から何の干渉《かんしよう》も受けなかったのは、ベアトリスという存在が大きかったことを初めて知った。当たり前に好き勝手にしていた裏側で、苦悩《くのう》を抱えることになった姉に申し訳ない想《おも》いが湧《わ》き起こって、涙が止まらなかった。

「ちょ、ちょっと、泣きすぎよ。泣かせるためにこの話をしたんじゃないのよ？　まだまだ話したいことがあるのに……」

「お姉様、泣くなという方が無理ですからね」

「そう言えば……リリアンヌも初めて聞いた時は泣いていたわね」

「お静かに、お姉様」

二人は困りながらも、私が泣き止《や》むのを温かく待ってくれていた。

いつまでも二人をしゃがませたままにする訳にもいかないので、大丈夫《だいじようぶ》だと伝えるものの、目に涙が残る私の言うことに説得力はまるでなかった。その結果姉二人に、大きめのソファーへと連れて行かれた。

「そろそろ涙は止まりそうかしら？」

「は、はい」

「レティシア、無理をすることも変に気を遣《つか》うことをもしては駄目《だめ》よ」

「わ、わかりました」

背中をゆっくり擦《さす》るベアトリスと、手を握るリリアンヌに挟《はさ》まれながら、世話を焼かれた。面倒《めんどう》ではないかと不安が湧き起こったが、満更《まんざら》でもない二人の表情を見て安心する。

ようやく私の涙腺《るいせん》が落ち着くと、少しずつ話が再開されていった。

「それにしても、中々お姉様の口調は直りませんね」

「えぇ。努力はしているけど、長年染《し》み付いてしまったものを消すのは難しいわ」

「そうですよね……」

「もう母はいないのに、いつまで経《た》ってもこんな雰囲気《ふんいき》じゃ仕方ないでしょう？　だから普通《ふつう》にしたいのだけれど……私は嫌われ役になった時に自分を見失ってしまったから、元通りも自分らしさもわからないの」

「……っ」

ベアトリスの壮絶《そうぜつ》な過去が頭をよぎると、引っ込めた涙が再び戻《もど》ってきそうになる。

「あら、また出てきちゃったかしら」

「もう。そんなに感情移入しなくていいのよ。レティシア」

リリアンヌ、ベアトリスの順で私の様子を心配そうに見つめながら言葉を発した。

「すみませんっ……」

今度は二人で優しく背中を擦ってくれた。

「だから模索《もさく》中よ。リリアンヌにも昔言ったけれど、悪い風に捉《とら》えないで。これから見つければ良いのだから」

「私も探しますわ」

「必要ないわ」

「あら。お姉様ではなく自分自身を、ですけれど」

「ややこしいのよ……」

（お姉様達はカッコよくて素敵……）

話が和《なご》やかに一度区切られると、私が疑問に思ったことを質問した。

「あの、ベアトリスお姉様はエドモンド殿下《でんか》との婚約《こんやく》を望んでは」

「ないわね。それなのに傲慢《ごうまん》な振《ふ》る舞《ま》いを止《や》められなかったのは、単純にそれほど侵食《しんしょく》されていたのだと思うわ」

「後は私達を守ろうとして、ですよね？」

ベアトリスがピタリと静止すると、むすっとしながらリリアンヌを見つめていた。

「不服そうですね、お姉様。ですが事実ですから。胸を張って伝えてください。でないとレティシアはわかりませんよ？」

「……そうね」

様子を見ていてベアトリスについてわかったことがある。彼女は決して自分を過大評価せず、リリアンヌや私のことを第一に考えてくれる思考の持ち主であるということ。その配慮《はいりょ》が行き過ぎて、私達に負担にならないように話を運ぶ所まで含めて、妹思いの素晴《すば》らしい姉なのだと。

(こんなにも素敵なお姉様なのに、私は評判を鵜呑《うの》みにして……当時の自分を叩《たた》いてやりたい。何も知ろうとしないは愚かと言うけれど、その通りね)

もちろんそれはリリアンヌにも言えることで、彼女達のことを知ろうとしなかった後悔《こうかい》から、反省の思いはより強くなっていった。

自分の中で気持ちを整理すると、もう一つ気になっていたことを尋《たず》ねた。

「お姉様のおかげもあって、目立たなかったから私は母《あの人》から興味を持たれなかったのですが、キャサリンお姉様は……？」

「あの子も同じよ。昔はレティシアと一緒で存在感をかなり消していたの。普通の令嬢、あるいはそれ以下の目立たなさ。当時家で会った時は礼儀《れいぎ》作法が完璧《かんぺき》だったから、立派に育っていて何よりと思ったけど、よく考えたらその立ち居振る舞いは全て計算されていたみたいなのよね」

「そうですね。キャサリンが社交界デビューを果たした頃《ころ》は、まだあの人は元気に活動していましたから」

キャサリンはただひっそりと、会場の片隅《かたすみ》にいたという。

「目立てば目をつけられる……」

「その通りよ、レティシア。あの子は賢《かしこ》い生き方を選んだのよ。何もない妹だと思っていたから、特別に接触《せっしょく》することは無かったけど、まさかあの人と同じようなことをし始めるとは思いもよらなかったわ」

あの人が社交界から去った後、平穏《へいおん》が訪《おとず》れると信じていた二人。肩《かた》の荷が下りたと感じたのも束《つか》の間だったようだ。

「嫌《いや》な視線が戻ってきたの。諸悪の根元がいなくなったのだから、私やリリアンヌに関して騒《さわ》ぎ立てる必要はないはずなのに。だからおかしいと思ったけど、わからなかった。キャサリンに対する周囲の評価が変わり始めてから、ようやくことの重大さに気付いたのよ」

「姉を更生《こうせい》させようと奔走《ほんそう》する、できすぎた妹だと当時は言われていたわ。おかげ様で私は演じることを辞《や》めるタイミングを逃《のが》したし、お姉様も本当の自分探しを始められなかった。全くもって良《い》い迷惑《めいわく》だったわ」

ここぞと言わんばかりに、キャサリンは悲劇のヒロインを演じ始めた。

「私達のことなどお構いなしで、利用できるものを利用して地位を確立させていった。その手法と思考があの人そっくりで、背筋が凍《こお》ったわ。そこから私達にできることもなく、キャサリンはあっという間に社交界で一目置かれるようになった。お父様やカルセインさえも、あの子が描《えが》く姿を信じて私達を強く非難《ひなん》し始めた。正直本当のことを伝える気にはならなかったわね。伝えるだけ無駄《むだ》だと思ったから」

ベアトリスはため息をつきながら、話しきった。その様子には疲労《ひろう》が見えた気がした。

「レティシアをあの子から守りたかった。けど、気付いた頃には手遅《ておく》れで……本当に不甲斐《ふがい》ないわ」

申し訳なさそうな眼差《まなざ》しを向けるベアトリスに、思わず反射的に返した。

「待ってください。私もキャサリンお姉様のように自分の利益しか考えない妹だったかもしれません。それなのに、どうして」

一度キャサリンで予想を裏切られたのなら、私に関《かか》わる際には慎重《しんちょう》になるはずだ。

「信じていたから」

「え？」

「私は今のレティシアのことは全く知らないけど、幼少期のレティシアのことは少しだけ知っていたの。それを踏《ふ》まえるとあの人にも、キャサリンにも似ていないと思って」

「私の幼少期……？」

ベアトリスの言葉に理解が追い付かずきょとんとした顔で見つめていると、すぐさま答えを言った。

「だってレティシア。貴女《あなた》幼い頃からちょっと変わっていたじゃない。同年代の友人を作るでもなく、親や私達に関わりに来ることもなく。ただひたすら引きこもっていたでしょ。印象的だったからよく覚えているわ。そんな不思議な子が似るわけがないって思えたから」

「えっ」

（変わっている……引きこもり……不思議な子）

ベアトリスからの思わぬ言葉にダメージを受けるものの、自分の幼少期を振り返る。

確かに幼い頃から他者と関わることに消極的だったと思う。当時は意地でもエルノーチェ家から出ることだけを考えていたために、友人の必要性を感じなかったから。ベアトリスの目に引きこもりだと映っても当然のことだと納得《なっとく》した。

「それだけで十分だったの。レティシアがあの人には全く似ず、自分らしく生きているだけで。たとえ性格に難ありだったとしても、あの人を超《こ》えることはない。それだけで貴女は私たちにとって守るべき妹なのよ。もちろんキャサリンもそうだった。まぁあの子には必要なかったみたいだけど……」

「でも……」

「それが姉の、長女の務めだと私は思ったの。ましてやレティシアは末っ子でしょう？　無条件に守られる権利があるのよ」

「そうそう。末っ子なのに全く甘えたことがないでしょう。だからこれからは甘えて、頼《たよ》ってほしいわ。お姉様と私は、レティシアの姉なのだから」

「……ありがとうございます、お姉様」

わずかしかない情報にもかかわらず、私のことを捨てなかったベアトリスという人は、本当に姉の鑑《かがみ》だと思う。

胸が温かさでいっぱいになる。涙《なみだ》を堪《こら》えて隠《かく》しながら、精一杯《せいいっぱい》作れる笑《え》みで返事をした。

それに満足した二人は、目を合わせて頷《うなず》いていた。

「レティシア。今日は濃《こ》い話を詰《つ》め込み過ぎたわ。でも最後まで聞いてくれてありがとう」

「処理しきれてない話もあるでしょうから、ゆっくり考えてみて。でも無理しないでね」

「……そうします」

二人の姉それぞれに視線を合わせて頷く。

「ふふ。……さて。外も暗くなってきましたし、そろそろお開きにしましょうかね」

リリアンヌが手をたたきながらお茶会の終わりを告げた。

それに合わせて席を立ちながら、扉《とびら》の方へ自然と移動をし始める。

「レティシア。寒いから、風邪《かぜ》をひかないようにね」

「冷えるといけないから、暖かくするのよ？」

「はい。お姉様方もお気を付けください」

そう告げて一礼すると、私は自室へ一人戻《もど》るのだった。

第五章……答えを探し求めて

時刻は夕方。と言ってもすぐに日は落ちるぐらいの空模様だった。

先程《さきほど》まで聞いていたベアトリスとリリアンヌの話を整理しながら、自室にたどり着くもラナはいない。

一人ベッドに身を投げ出して、深く思考の海へ沈《しず》んだ。

(……結局、私も悪評に踊《おど》らされていたのね。貴族たちと何も変わらない……)

真実に触《ふ》れて感じたのは、罪悪感と涙だけではなかった。

自分自身へのあきれ。その感情が胸を締《し》め付けていく。

(私は知ろうとしなかった愚《おろ》か者だわ……自立の計画をたてられたのも、お金を稼《かせ》げたのも……全《すべ》ての自由はお姉様達がいたから)

そもそも自立したかった、この家から逃《に》げたかった理由を思い出す。

(……あんなに素敵なお姉様達、避《さ》ける理由なんてどこにもないわ)

本当の二人の姿を知った今、自分の将来が脅《おびや》かされる可能性が低いことがわかった。それに、姉達はずっと守ってくれていた。私が妹だという、ただそれだけの理由で。それなのに、私は一人自立してこの家を出て行くのか。それは逃げなのではないか。疑問が湧《わ》き起こると、自立をする理由がわからなくなった。

(……私はこれからどうしたいの？)

自問自答しながら天井を眺める。

答えが一向に出る気配のない問いに思考は動く気配がない。

薄暗《うすぐら》い森に一人で立ち尽《つ》くすような孤独《こどく》感に襲《おそ》われる。

「はぁ……」

大きなため息をつく。

結論は出ないが、このまま横になっていても仕方ない。そう思うと、上着を羽織って突《とっ》発《ぱっ》的に外へと向かった。

(こんな時こそ風にでもあたって気分転換《てんかん》しよう)

そう思いながら玄関《げんかん》に向かう。

(門から外が屋敷《やしき》外よね。出なければ大丈夫《だいじょうぶ》よ)

謹慎《きんしん》のことを頭の片隅《かたすみ》に追いやりながら、外へと踏み出した。

広がる光景は真っ暗な夜空。

(……今頃《いまごろ》、パーティーは一番盛り上がる時間だろうな)

空を見上げた後に、ちらりと王城のある方に視線を向ける。

目的もなく、家の回りを囲っている身長よりも高い柵《さく》に沿って歩いていれば、突然声をかけられた。

「レティシア嬢《じょう》、やはり城内ではなくお屋敷にいらしたんですね」

柵を隔《へだ》てた、屋敷の外の暗闇《くらやみ》の中から声の主を見つける。

「レイノルト様……」

「王城内を捜《さが》したのですが、お見掛《みか》けできなかったので、心配して来てしまいました」

驚《おどろ》く私とは対照的に、爽《さわ》やかな笑みで説明をされた。動揺《どうよう》しながら疑問を声に出す。

「あ、あの、建国祭は。一応今日は最終日ですが」

「そうですね」

「パーティーは……出席しなくても大丈夫なのですか」

最終日は王家主催《しゅさい》なだけあって、どの貴族にとっても重要な日だ。

それは他国の貴族であるレイノルト様も例外ではないはず。

「大丈夫ですよ。セシティスタ国王陛下には挨拶《あいさつ》をしましたから。他《ほか》に用もないのですぐに抜《ぬ》けたんです。出席を義務づけられているのは、あくまでもセシティスタ王国の貴族ですから」

「……！」

（そうだった、彼は大公殿下《でんか》だったわ。失礼のないようにしないと）

その途端《とたん》に冷や汗《あせ》が走り、不敬な行動をしないようにと脳内で警報が出される。

「レティシア嬢の方こそ、大丈夫ですか？」

「はい、問題ございません。お気遣《きづか》いいただきありがとうございます」

緊張《きんちょう》しながらも、声色《こわいろ》には出ないように気をつけて返答をした。

「……レティシア嬢？」

「な、何でしょうか」

（ま、まずい。何か不敬になることをしてしまったかな）

間が空いてから少し重い声のトーンで名前だけを呼ばれれば、胸がきゅっと締まる。

「今までと同じように接して欲しいと願うのは、わがままになりますかね？」

「え？」

重いと感じたトーンは一気に寂《さび》しさをまとい、目線を上げて表情を見れば悲しそうな眼《まな》差《ざ》しでこちらを見ていた。

「なんとなく距離《きょり》を感じまして……この柵のせいでしょうか」

「あ……」

レイノルト様が思わず本音をこぼした。その言葉は痛いほど胸に響《ひび》き、肩書《かたが》きで態度を変えようとした自分が見透《みす》かされたようで恥《は》ずかしくなった。

「……レイノルト様はレイノルト様、ですよね。申し訳ありません。これからも、今までのように接してもよろしいでしょうか」

「もちろんです、レティシア嬢。当然許可などいりませんよ」

反省しながら尋《たず》ねれば、いつものように優《やさ》しく発光する笑《え》みが返ってきた。

「ところでレティシア嬢、体調の方はいかがですか？」

「体調、ですか」

「はい。義務であるパーティーを欠席されていたので。お体がすぐれないのだろうと心配になって、思わずお見舞《みま》いに……」

「お、お見舞い？」

(私は健康だけど……そうか、謹慎のことは知らないものね)

誤解をさせてしまったことはもちろん、それが原因でわざわざエルノーチェ家まで来させてしまったことに罪悪感を抱《いだ》いた。

「はい。急でしたので見舞いの品は果物《くだもの》しか用意できませんでしたが。ああ、あと、緑茶の茶葉を持ってきました。早く良くなってくださいね」

そう言いながら手に持ったカゴを見せてくれた。その途端に、嬉《うれ》しいけどどうしていいかわからなくなる。

「……レイノルト様、大変申し上げにくいのですが、私は至って健康です。体調は崩《くず》していません。わざわざいらしていただいた上に見舞いの品までご用意いただいたのに、申し訳ありません」

　ふるふると首を横に振《ふ》りながら否定をした。相手の立場も相まって心苦しい気持ちがズシリと重くのしかかる。不安な面持《おもも》ちで頭を下げると、飛んできたのは安堵《あんど》の声だった。

「それなら良かった。レティシア嬢はお元気なんですね、安心しました」

「あの、申し訳」

「何を謝るのですか。これは私が勝手に早とちりしたことですから。レティシア嬢には少しも責任はありませんよ。もし罪悪感があるのならば……そうですね、見舞いの品ではなくなりますが、せっかくなので果物と茶葉を受け取っていただけますか？」

　いつも通り変わらない笑みの対応を見て、緊張と不安が緩和《かんわ》され始める。

「わかりました。ありがたく頂きます」

「良かった。では入り口へ移動しましょうか。ここからでは渡《わた》せないので」

　柵を隔てて隣《となり》に並ぶと、門の入り口へと歩き出す。

「本日はどうされたのですか」

「実は、その。謹慎を言い渡されまして」

「謹慎、ですか。レティシア嬢が？」

　一体何故《なぜ》と言わんばかりの表情を浮《う》かべながら軽く首をかしげた。謹慎という言葉の響きが良いものだと捉《とら》える人間はいないだろう。レイノルト様もきっと例外ではないはず。

必然的に悪く受け止められる出来事だから。それを含《ふく》め、今後どうなるかを理解した上で私は話を始めた。

「昨日、失態を演じまして」

「失態ですか」

「はい。参加したパーティーの主催者《しゅさいしゃ》の方に挨拶することを忘れまして。帰ってきてから気が付いたのですが、時既《すで》に遅《おそ》く。貴族として守るべき最低限のマナーを守れなかったので、謹慎を言い渡されました」

謹慎の理由を端的《たんてき》に説明すると、レイノルト様の表情は曇《くも》り始めた。

（あきれたかな。だとしたら仕方ない、それだけのことをやらかしたのだから）

表情からレイノルト様の大方の感情を予想すると、私は発言を続けた。

「悪いのは明確に私なので、何も言い訳ができません。パーティー上のマナーである、基本中の基本もできていなかったのですから」

（この一件でレイノルト様に悪く思われようとも、それこそ仕方のないこと。キャサリンお姉様にしたことを後悔《こうかい》していないから、そうなってしまっても受け入れられる）

「………」

「淑女《しゅくじょ》失格だと思われて当然の事です」

（元々どのように思われていたかもわからないけれど。仮に幻滅《げんめつ》されそうになっても、決して自分をよく見せようとしてはいけない。それをしてしまったら、その瞬間《しゅんかん》私もキャサリンお姉様に近づくことになってしまうから）

ますます黙《だま》り込むレイノルト様の様子から今後を悟《さと》り始めた時、彼は困ったように、でも優しい声色で言葉を紡《つむ》いだ。

「本当にそれだけですか」

「え？」

「公爵《こうしやく》令嬢である貴女《あなた》が、理由も無しに礼節を軽《かろ》んじるとは思えません。何か事情があったと考えるのが当然でしょう」

「あ……」

あきれた、幻滅された、見放された。どれかに当てはまらなくても彼の中で私の評価は下がるはず。そんな考えは浅はかであったと思い知ることになる。

「言いづらいのであれば構いません。貴女がどのような方なのか全《すべ》てを語れる訳ではありませんが、レティシア嬢が礼節をしっかりと身に付けている方だということはわかります」

「……」

「たった一つの過《あやま》ち。それもその過ちの背景もわからない不確かなものだけで、私の中にあるレティシア嬢《じよう》の印象が変わることなどありませんよ」

断言すると同時に足を止めるレイノルト様。

その微笑《ほほえ》みには強い思いが感じられ、一切偽《いっさいいつわ》りのない本心であることを理解させられる。

(この人は私に対する偏見《へんけん》が何もない。どうしてそこまで純粋《じゅんすい》な思考で見られるのだろう)

気が付けば門の前に到着《とうちゃく》していた。

穏《おだ》やかな笑みとは反する強い意志の籠《こも》った眼差しを当てられて、私は少しだけ……ほんの少しだけ泣き出しそうだった。表情だけは崩さないよう踏《ふ》ん張っていたけど、どこまで保てていたのかはわからない。ただひたすら、レイノルト様の言葉が温かく胸に染《し》み込んでいくのを感じた。

「お疲《つか》れ様です、レティシア嬢」

門を挟《はさ》んでいるとは思えないほど、レイノルト様を近くに感じた。

温かさとレイノルト様の労《いたわ》る気持ちがそこには含まれているように感じた。

優しさに包まれると、知らないうちに溜《た》まっていた想《おも》いに気が付く。

「ありがとうございます、レイノルト様」

(ここで泣いたらみっともないから)

自然と出てきた淑女の矜持《きょうじ》がそう思わせた。

自分にそんなものがあったのかと驚《おどろ》きながらも、涙《なみだ》をこらえて無理やり笑顔を作った。

「レティシア嬢、門を開けていただいても?」

「はい、もちろんです」

静かに一人でも開けられる使用人用の門を開けると、レイノルト様との距離がさらに近付いた気がした。

見上げるとそこには優しい彼がいて、目と目が合ったかと思えば突然《とつぜん》頭にレイノルト様の手のひらが乗った。それは温かくて重い、けど驚くほど優しい手だった。

「……よく頑張《がんば》りましたね、レティシア嬢。もう肩《かた》の力は抜《ぬ》いていいんですよ」

頭に乗る手は、レイノルト様の労りの気持ちを乗せたからか酷《ひど》く重かった。

けどその分体全体に、温かさが浸透《しんとう》して自然と涙が流れた。

「……はい」

ひとしきり泣くと、レイノルト様はそっとハンカチで涙を拭《ふ》いてくれた。

それでもまだ涙目の私をあやすように、そっと頭を撫《な》でてくれる。

そのおかげで、ぐちゃぐちゃになりかけた心は落ち着きを取り戻《もど》していく。頭の片隅《かたすみ》にあった身分への意識は消え去り、安心感さえ芽生え始めていた。

(……凄《すご》い、落ち着く。……まだ、傍《そば》にいてほしい)

本来であれば、見舞いの品を受け取ったら見送るのが流れであり、綺麗《きれい》な終わり方だ。

でも見舞いの品をもらえるような状況《じょうきょう》ではない。まだいてほしいと、ほんのり浮かんだ感情がレイノルト様に届いたのか、とても解散の雰囲気《ふんいき》にはならなかった。

それでも迷惑《めいわく》になってはいけないと冷静さを取り戻した私は、失礼を承知で横を向いた。

「す、すみません。酷い顔なので、あまり見ないでいただければ」

「わかりました」

扇《あお》いだり頬《ほお》を両手で覆《おお》ったりと、熱くなった顔をどうにかして冷ました。その間もレイノルト様は文句ひとつ言わずに、労るような眼差《まなざ》しでずっと見守ってくれた。

言葉を詰《つ》まらせた理由には決して触《ふ》れず、ただ労る言葉をかけ続けてくれる配慮《はいりょ》がありがたかった。ぎゅっと瞬《まばた》きを何度かして、気持ちを立て直すことを試みる。

（みっともない姿、見せちゃったな……）

それでもこれ以上レイノルト様を待たせるわけにもいかないと、気持ちを落ち着かせる。

（反省会は後で……）

「ありがとうございます、レイノルト様」

「吐《は》き出せたのならば、何よりです」

「……はい」

乱れてしまった気持ちをようやく整え終えると、改めて感謝を述べた。

会話ができそうな雰囲気を察したレイノルト様が口を開いた。

「大丈夫《だいじょうぶ》そうですね」

「はい、もう大丈夫です。ご心配いただきありがとうございます」

「安心しました。……あ、そうだ。もしよかったらこれを受け取っていただけますか？」

レイノルト様から見舞《みま》いの品を受け取る。

「……こんなにたくさん、ありがとうございます」

「少しでも力になれば」

にこりと微笑むレイノルト様は、続けて気遣《きづか》う言葉を告げた。

「少し重くなっていますので、あちらに置かれてはいかがでしょうか」

「そうしますね」

頷《うなず》くと、門付近にある警備棟《とう》の端《はし》に常設されている机の上にお見舞いの品を置いた。

レイノルト様の方へ戻ると、質問をされた。

「……レティシア嬢、謹慎《きんしん》はいつまでですか？」

「今日だけです。最終日の参加を禁じられただけなので」

その答えにレイノルト様はなるほど、と小さく頷く。そして続けて尋《たず》ねる。

「不服だ、とは思わないのですか」

「……思わないと言ったら嘘《うそ》になりますけれど……正直自分の気持ちがわからなくて」

昨日の出来事を思い出した。

キャサリンに言い返し、父の言葉に流されずに反応した自分。

あの行動に後悔はないが、だからといって自分がどうしたいのか答えは出ない。

「きっと……無意識に変わろうとしているんですね」

レイノルト様は私の様子を見ながら告げた。

「……変わる?」

「はい。どうでもいいのならば、悩《なや》んだりはしません。何かを変えたいから、悩んで足踏《あしぶ》みをしているのだと思います」

変えたい、変わりたい。

そんな気持ちが芽生えたことはなかった。けどキャサリンに緑茶を無下にされたあの時、あのまま言われっぱなしは許せないという思いが明確に浮上《ふじょう》した。これからも私は、キャサリンと対峙《たいじ》した時、利用され続けたいのか。そう自分自身に問いかけて考え込む。

レイノルト様は、悩む私に自身の思いを語りかけた。

「……私はレティシア嬢のことを全て知るわけではありません。ただ、貴女《あなた》の本当の姿と社交界の評価が全く違《ちが》うことには、気付いています」

(悪評について、知っていたのね……)

評価の二文字に過敏《かびん》に反応してこわばってしまう。

「もちろん、私は自分で見たものを信じています。レティシア嬢はわがままでもなければ、癇癪《かんしゃく》を起こす気配も一切ありません。そんな評判が、悪評が、嘘でしかないことを私は知っています」

力強い眼差しは、体の緊張《きんちょう》を解いてくれた。

「わがままなんてとんでもない。ご自分の買い物はご自身でお支払《しはら》いする方ですし、相手への気遣いを決して忘れない方です。そしてなにより、何かの目標のために、実行しようという美しい心意気をお持ちの、魅力《みりょく》あふれるとても素敵《すてき》なご令嬢です」

「ありがとうございます……」

その言葉は私に自信を与《あた》えてくれる、力強いものだった。

「私にはそんな貴女がとても輝《かがや》いて見えるんです」

「か、輝いて？」

（いつも眩《まぶ》しいくらい発光しているのはレイノルト様の方では）

「えぇ、とても。……ですが、その輝きは悲しいことに社交の場では嘘のように消えます」

何故《なぜ》だかはわからないが、無意識に痛い所を突《つ》かれたと感じた。

「お心当たりがありますよね」

「……はい」

「レティシア嬢。私は先程《さきほど》不服かと尋ねましたよね」

「はい」

「もっと不服に思ってください。迷う必要はありませんよ」

「もっと、ですか」

思わぬ言葉に困惑《こんわく》するが、その困惑さえもレイノルト様の想定内のようで、畳《たた》みかけるように助言をくれる。

「えぇ。レティシア嬢《じょう》、貴女はもっと自分を誇《ほこ》りに思ってください、今よりもずっと。レティシア嬢には数えきれない魅力があります。先程では挙げ足りないくらい。貴女は唯一《ゆいいつ》無二の存在で間違いありません。どうかそのことに自信と誇りを持ってください」

「誇り、ですか？」

「それが貴女の貴族としての矜持に繋《つな》がるはずです」

「貴族の、矜持」

そんなことを考えたことは今まで一度もなかった。いや、考えたくなくて逃《に》げていたのかもしれない。キャサリンという存在を言い訳に、自分にできることは無いから、と。

(やっぱり、悪評に振《ふ》り回されていたのは私だったんだわ)

その悪評は姉達のものだけではなく、自分自身の悪評にさえ。

自分の弱さと愚《おろ》かさに気付くと、情けなさ過ぎて乾《かわ》いた笑《え》みがこぼれた。

「……私は、今まで自分のことを蔑《ないがし》ろにして逃げていたんだと思います」

「レティシア嬢自身が言うならば、そうかもしれませんね」

「……弱い人間です、私は」

「でも、逃げていただけではないと思いますよ」

「え？」

「レティシア嬢は、決して誇りを捨てなかったと思います。どんなことがあっても、決してある信念は曲げなかった。さすがに詳《くわ》しくはわかりませんが、だから働き続けたのではないですか？　私に知られても、辞《や》めることは選択肢《せんたくし》になかったでしょう。相当強い信念です。だから弱くなどありませんよ。私から見れば、非常に強《したた》かで芯《しん》のある方です」

「強か……私が」

「はい、とても。出会って日の浅い私でも感じるのです。その強かさは本物かと」

レイノルト様の眼差しには嘘偽《うそいつわ》りのない、まっすぐな思いが込《こ》められていた。

(私は、弱いわけじゃないのかもしれない。……それなら)

胸の前で手と手を重ねる。自分がどうしたいのか、自問自答をして答えを探す。

レイノルト様の方を、不安げに見上げる。

「私自身を今更《いまさら》守るというのは、あまりにも遅《おそ》すぎるでしょうか」

悪評を放置してから何年も経過した。それを今になって不満に思うのは、文字通り今更なことなのだ。そう感じているから、言葉にする際も声が少し震《ふる》えていた。

「まさか、そんなことはありません。レティシア嬢はレティシア嬢だけのものですから。貴女には自分を守る権利があります。そして、そのために戦う権利も」

「戦う権利……」

矜持《きょうじ》を守るために、戦うべきか。

その疑問にはすぐに答えが出た。

今まで矜持を忘れていたとはいえ、それでも信念を曲げずに生きてこられたのは間違いなくベアトリスとリリアンヌのおかげだ。自分が好き勝手できたのも、彼女たちの犠牲《ぎせい》があってこそだった。これ以上自分を蔑ろにすることは、姉二人の存在を踏《ふ》みにじることになる。それだけは通ってはいけない道。

私は姉達に何も返せていない。もし戦うことで恩返しができるのなら。

そして、全《すべ》てに気付かせてくれたレイノルト様の思いを大切にするためにも。

「……戦います、私」

答えは出た。その思いのまま、決意する。

無言で、でも力強く頷くレイノルト様。

その反応を見ると、変わろうとしている自分は間違っていないと思えた。

私なら大丈夫だという感情が表情に影響《えいきょう》を与えると、純粋《じゅんすい》な安堵《あんど》の笑みが浮《う》かぶ。

「応援《おうえん》します。私にできることは全てします」

「あ……ありがたいお言葉ですが、さすがにこれ以上は」

(十分すぎるほど頂いてしまったから。これ以上付き合わせてしまうことは申し訳ないわ)

これ以上レイノルト様の負担にはなりたくなかった。

「是非《ぜひ》、ともに戦わせていただけませんか。私は信念を貫《つらぬ》くレティシア嬢の姿に惹《ひ》かれたのです。その誇りを、どうか守らせてください。……それに、貴女はセシティスタ王国でできたかけがえのない存在ですから」

（な、なんだろう。凄《すご》くドキッとした）

かけがえのないと言ってもらえるほど情をかけてもらえているとは思わなかった。

何故か少しだけ嬉《うれ》しく、恥《は》ずかしくも感じた。だが同時に戸惑《とまど》いも残る。

「そう難しく考えないでください。最後まで見届けたいという私のわがままだと思っていただければ」

「そ、それならば……」

（確かに、ここまで面倒《めんどう》を見ていただいたのだから、変わる姿を見せるのが筋よね）

負担や迷惑《めいわく》以前に、筋を通すことが大切だと結論が出た。

「よろしくお願いします、レイノルト様」

「喜んで、レティシア嬢。私にできることは些細《ささい》なことまで申し付けてくださいね」

「ありがとうございます」

「そうと決まれば……少し、これからについて考えましょうか」

そこまでしてもらうわけには、と一瞬《いっしゅん》戸惑《とまど》ったが、レイノルト様の様子から断ることは難しそうだと判断した。

（みっともない姿まで見せたんですもの。今更よね！）

差し伸《の》べてくれる厚意を無駄《むだ》にせずに頼《たよ》ることこそが、彼に対する正しい行動だと直感的に感じた。答えが出ると、レイノルト様に向き合って頷《うなず》く。

「お願いします」

「良かったです……ではまず、約束事を決めませんか？」

「約束事、ですか？」

「はい。いきなり自分を大切にしようとしても、漠然《ばくぜん》としすぎて手がつけられないでしょう。ですから、指針を定めるように自分自身との約束事を決めれば、迷うことはなくなります」

「なるほど……」

（まずは小さなことからコツコツと……うん、大切なことだよね）

わかりやすい説明に感心しながら、その約束事をどうするか思考し始める。

「手始めに私から一つ、頑張《がんば》りすぎないこと」

「頑張りすぎないこと……？」

「はい。直感の話にはなりますが、レティシア嬢はこうと決めたら休まずに、一直線で努力し続ける印象があるので心配です。努力をするな、というわけではありません。ただ無理して倒《たお》れてしまえば、元も子もないので」

私を気遣《きづか》う眼差《まなざ》しと言葉が、胸にじんわりと広がる。

「わかりました、約束します」

こくりと頷けば、レイノルト様は満足そうに微笑《ほほえ》んだ。

「後はそうですね……まずは本当に簡単なことからで良いと思うんです。例えば、嫌《いや》なことは流さずに嫌だと言う、怒《おこ》るべき時はしっかりと怒る、とかはどうでしょうか」

「な、難易度が高いかもしれません」

(いつも心の中で毒づいているだけだから、表情に出すのは不可能な気が)

暗い気持ちになると、すぐさまレイノルト様が大丈夫《だいじょうぶ》だと気持ちを引き上げてくれた。

「できないわけではないと思うんです。レティシア嬢の表情筋はしっかりと機能していますから。もしくは簡単な笑顔からしてみますか？」

そう言いながら、自身の両手の人差し指で口角を上げて補足する。つられて私も人差し指を頬《ほお》に持っていく。

「できていますよ、完璧《かんぺき》です」

「レイノルト様もお上手で」

(ほ、本当に？　自分で言うのもなんだけど、いざ笑おうとすると上手《うま》くできないから)

自分の表情は自分がよくわかっている。口角を上げただけで、目が笑っていないのは鏡が無くてもわかった。

（……気を遣《つか》わせちゃった）

口角に人差し指を当てたまま、無意識に目線だけは少し落ち込む形になっていた。

「ふふ」

「変でしたか？」

「いえ、相変わらず可愛《かわい》らしい表情かと」

レイノルト様は優《やさ》しげな声色《こわいろ》と輝《かがや》く笑顔《えがお》でそう告げた。

「……ありがとうございます」

（とことん気を遣わせちゃってる。……いや、これは励《はげ》ましの言葉よ）

そう受け取ると、表情の練習はさらに続いた。

「では笑顔以外の表情も練習してみましょうか。レティシア嬢《じょう》、ちなみに怒《いか》りの表情や相手を制する威嚇《いかく》に近い視線はしたことはありますか」

「……あまり、ないかと」

（いつも毒を吐《は》いているとは言え、顔に出さないよう気を付けてきたからな……）

無表情であり続けたため、意識して表情を作ることはしたことがない。うんざりすることやあきれることがあって、それが自然と顔に出た経験はある。でもそれだけだ。思えば誰《だれ》かに本気で怒ったことはないし、視線を上手く使ったこともない。

（視線はよくわからないけど……怒ろうと思えば怒れるはず）

「と言っても、この年齢《ねんれい》になれば感情的になるよりは視線や言い回しで相手を制するのが一番かと思います」

「視線……こうですか？」

遠くにある屋敷《やしき》の玄関《げんかん》を思い切って睨《にら》む。

「……今の視線はどういう」

「睨んだつもりなのですが」

「あ」

「どうでしょう」

「そう、ですね」

歯切れの悪くなるレイノルト様から、今度は不要な配慮《はいりょ》を感じ取る。

「レイノルト様、思ったことをそのまま教えてください。変に気を遣ってはいけませんよ」

「……正直に言うと睨んでいるようには見えませんね。それよりも目の悪い人に見えます」

「目の悪い人……怖《こわ》くないですか」

「……全く」

申し訳なさそうに頷く姿を見て、自分の現状に納得《なっとく》する。

(睨むこともできないなんて本当に表情に乏《とぼ》しいのね、私)

自分を皮肉りながら改善策を考えると、落ち込んだと勘違《かんちが》いしたレイノルト様から励ましの言葉を貰《もら》う。

「レティシア嬢。これから使えるようになれば良いので、焦《あせ》らずとも」

「そうですね……練習します」

「上達することを祈《いの》っています」

「ありがとうございます」

そこまで方針が固まると、最後に重要なことを尋《たず》ねた。

「……レイノルト様、ここまでしていただいたので何かお礼を用意させてください」

(誠意を何か形で表さないと)

「お礼、ですか」

「はい。なにかご希望があれば」

(考えるのは得意じゃないから、いっそのこと聞いちゃおう)

こくりと頷いて意向を伺《うかが》う。

「……そうですね、では何か手作りのものを頂けますか?」

「手作り、ですか?」

「はい」

(手作り!?　……これまた予想外だな)

大公殿下《でんか》という立場にもなれば、何に関しても既製品《きせいひん》はある程度持っているだろう。

その考えから特段疑問を抱《いだ》かずに用意することを約束した。

「わかりました。今すぐに何かは思いつかないのですが、用意させていただきます」

「楽しみにしていますね」

これ以上ない笑みを添《そ》えられながら、期待の気持ちを受け取った。

方針が決まり、お礼の件も片付くと解散の雰囲気《ふんいき》になった。

「レティシア嬢、建国祭が終わってしまった今、次いつ会えるかわかりません」

「確かにそうですね」

「そこで、差し支《つか》えなければ、文通をしませんか」

「文通、ですか？」

「はい。本心を言えば、レティシア嬢が上手くいくようにもっと手伝いたいので、頻繁《ひんぱん》に近況《きんきょう》について教えていただけると、凄《すご》く嬉《うれ》しいです。何かあれば相談にも乗れると思いますので」

穏《おだ》やかな眼差しで提案されるが、不思議と悩《なや》むことはなかった。

警戒心《けいかいしん》よりも、文通をしなければこの縁《えん》が切れてしまうという不安の方が勝った。

「しましょう、文通。表情とか、睨み方とか、進展があったらすぐ報告します」

「それは楽しみにしています」

改めてお礼を告げて深く頭を下げた。

しかし、むしろ私が家に入るまでを見送られるという構図になってしまった。

玄関近くの窓からレイノルト様の姿を見ていると、馬車が遠ざかる音が聞こえた。完全に気配が消えると、私は自室へと戻《もど》った。

（文通……楽しみだな）

建国祭のパーティーに出席していたキャサリン達が帰ってきたのは、それから間もなくしてだった。

（鉢合《はちあ》わせなくてよかった）

そう安堵《あんど》しながら自室へと急ぎ戻るのだった。

翌日の昼前、父と兄、そしてキャサリンがそれぞれ屋敷を出ていくのを確認《かくにん》すると、私は足早に二人の姉の下《もと》へ向かった。

（こんなに早く結論を出したらかえって心配されるかもしれないな）

そんな一抹《いちまつ》の不安とともに、まずはベアトリスの部屋を訪《おとず》れた。

中には一人の侍女《じじょ》が待機していたが、様子を察すると静かにベアトリスの傍《そば》を離《はな》れた。

「あらレティシア。どうしたの？　聞きたいことでもできたかしら」

「お話が、ありまして」

「……リリアンヌも呼んできた方が良さそうね」

「それなら私が」

「じゃあお願いするわ。部屋で待っているわね」

頷《うなず》いて扉《とびら》を離れると、急ぎリリアンヌの部屋へと向かった。

了承《りょうしょう》を得てベアトリスの部屋に戻ると、昨日と同じ配置で座《すわ》る。

「朝からすみません」

「もう昼だから気にすることはないわ」

「お姉様も私も、特に予定もなかったから大丈夫《だいじょうぶ》よ」

気遣《きづか》う言葉を受けながら、気持ちを整える。

その様子を察した姉二人は、ただ静かに見つめてくれていた。

「……お話がありまして」

二人は私が話しやすいように、優しく頷いた。

ふうっと深く息を吐くと二人の目をまっすぐ見た。

「……昨日の話を受けて、自分なりに考えました。これからどうしたいのか。考え抜《ぬ》いた末に出した結論としては」

二人の目を改めて見つめてから、言葉を続けた。

「これからは黙《だま》っていることをやめて、キャサリンお姉様と戦いたいと思います。これ以上自分を蔑《ないがし》ろにしないために。お姉様達が守ってくださった自分《もの》を守るために。……今日はその意思表明をしに来ました」

まっすぐな瞳《ひとみ》で、真剣《しんけん》なこの思いが伝わるように告げた。

二人の反応を緊張《きんちょう》しながら待とうとしたが、その時間は必要なかった。

「よく言ったわレティシア。……その言葉をいつか聞ければよいと思っていたけど、こんなに早く聞けるだなんて」

「本当ですねお姉様。嬉しいわレティシア。掩護《えんご》射撃《しゃげき》ならいくらでもするから、任せて」

「あ……ありがとうございます」

もしかしたら厳しい言葉をかけられるかもしれないと、身構える必要はどこにもなかった。緊張が物凄《ものすご》い速さで解けていく。

「ふふ。レティシア、やるからには徹底《てってい》的に、よ」

「リリアンヌの言う通りね。少なくとも塗《ぬ》られた悪評分はお返ししないと」

「はい！」

強く同意すると、テンポよく話が進んでいった。ベアトリスが気遣って私に尋ねた。

「そうと決まれば色々と動かないと。レティシア、何か要望はある？」

「あ……えっと、社交界で戦う術《すべ》を教えていただきたいです」

昨夜のレイノルト様とのやり取りを思い出して告げる。

「なるほど。そういう立ち回りに関してはリリアンヌが適任ね」

「そうですね。任せてレティシア」

「よろしくお願いします……！」

こうして私の戦う淑女《しゅくじょ》への道が開かれた。

（もう二度と……キャサリンお姉様の好きにはさせないわ）

揺《ゆ》るぎない意志を胸に抱いて、自分自身の変化を試みるのだった。


建国祭から数日が経《た》った。

俺は変わらずセシティスタ王国に留《とど》まり続けている。

「レイノルト、頼《たの》まれていた調査結果だ。ほら」

リトスから資料を受け取る。

頼んでいたのはエルノーチェ公爵《こうしやく》家についての調査。

「いくらお前の右腕《みぎうで》だからって、こき使うにもほどがあるぞ」

「いいじゃないか。報酬《ほうしゆう》は出しているんだし」

「だとしてもだな。俺がエルノーチェ姉妹《しまい》について探《さぐ》っていたら、婚約《こんやく》相手を探している

「そこを上手《うま》くやるのがリトスの仕事じゃないのか。まあお疲《つか》れ様」

貴族兼《けん》商人兼友人であるリトスは、俺個人専門の情報屋でもある。いわゆる右腕である彼との関係は、何年にもわたり続いている。報告書に目を通しながら、リトスの声に耳を傾《かたむ》けた。

「レイノルトが普段《ふだん》耳にする話とあまり変わらなかったよ。社交界の評判とほとんど同じって所だな。長女と次女、そして姫君《ひめぎみ》には悪評がついて回り、対して三女はこれでもかというくらい褒《ほ》められていた」

「……なるほど」

「だが悪評の始まりを尋ねても、気付いたらそうだったとしか返ってこなかったんだ」

「いつの間にかできていた評判だと」

「あぁ」

予想通りの結果を受け入れると、一つ不安事を尋《たず》ねた。

「調べていて、疑わなかったのか」

「何をだ？」

「彼女に関して。誰《だれ》もが口を揃《そろ》えて悪い評判を言うんだ。警戒《けいかい》対象にすることは」

「するわけないだろう。そもそも俺が信じているのはレイノルト、お前だ。ようやくうちと誤解が」

の大公様が興味を抱《いだ》いた女性が、あの悪評通りの人間とは到底《とうてい》思えないからな。ああいう評判や噂《うわさ》はどれだけ多くの人間が語っていたとしても信じないね。自分の目で見てこそだからな。姫君《みこ》はレイノルトが見込んだ女性だろう？　最高の女性に決まっている」

「さすがだな。友人なだけある」

「そうだろ？　だてに何年もお前の隣《となり》にいるわけじゃないからな」

リトスを信用し続けているのはこういう部分があるからなのだ。

信頼《しんらい》関係を再確認しながら、少し口角を上げた。

「ちなみにレイノルトは何か収穫《しゅうかく》があったのか？」

「ああ。建国祭の最終日、王城で三女を見かけたんだ。いつもの如《ごと》く二人の姉と妹の面倒《めんどう》が大変だと嘆《なげ》いていた。周囲の同情を引くように」

「それが常套《じょうとう》手段なんだよな？　俺は見たことないが。ちなみに、心の声は聞いたのか」

「ああ、さすがに集中して聞いたよ。レティシア嬢《じょう》のためにも、少しでも詳《くわ》しく状況《じょうきょう》を把《は》握《あく》しようと」

結果は予想以上に真っ黒だった。

あそこまで表と裏が激しい人間も珍《めずら》しいというものだ。

その上完璧《かんぺき》に割りきっている点を見ると、元からの素質もあるのだろう。

「レティシア嬢について心底丁寧《ていねい》に語っていた。どうやら三女にとって彼女は、自分に利用されるのが当たり前の存在のようだ。これからも私の駒《こま》として生きてと嘲《あざけ》るように呟《つぶや》いていてね」

「うわぁ……」

「三女はとことんレティシア嬢が気に入らないらしい。彼女は決して人と群れることなく、最低限しか社交界には顔をださないんだ。加えてドレスや宝石みたいな、貴族の令嬢なら決まって興味を持つものに一切《いっさい》関心がなかった。それどころか、価値がないと言わんばかりに触《ふ》れる機会も自分で作らなかった。その姿がどうにも気に入らないようだ」

「いや理不尽《りふじん》すぎるだろ。というか改めて聞くと本当に変わっているよな、姫君」

「そこが良《い》いんだ」

「……お前が幸せそうで何よりだよ」

目を細めながら言うリトスを無視して、話を続けた。

「言ってしまえば、三女とレティシア嬢は対照的な生き方だろう。三女は自分と真逆の生き方をする彼女が、自分を否定しているかのようで嫌悪《けんお》を抱いている様子だった。彼女が三女自身に、何の感情も関心も興味も抱いていないのが、特に腹だたしく感じているようだったな」

「……歪《ゆが》んでいるな。ただの嫌悪だけじゃ説明がつかないぞ」

「そうだな。だが理解しようとは思わなかったよ。理解できる範囲《はんい》を越《こ》えていたからな」

「確かにそれが最善だな」

三女が彼女をどう扱《あつか》いたいかはよくわかった。

今言える確かなことは、自身にとっても三女は敵になるということくらいだろう。

「……で？　進捗《しんちょく》はあったのか。その後会いに行ったんだろう」

「……凄《すご》く可愛《かわい》かった」

「いやいやいや、何があったんだ。可愛いってどこがだ」

「まず声が可愛い。色んな表情に挑戦《ちょうせん》する姿勢も魅力《みりょく》的だし、見ていて飽《あ》きない。その上心の中は表情と反することを考えているんだ。彼女の心の声は一生聞いていられる」

「そ、そうか」

「それに、謙虚《けんきょ》なんだ。驚《おどろ》くらい。自己評価が低いとも言えるんだが、自分の価値の高さ、魅力の多さを理解しきれてないんだ。そこがまた可愛くて、無防備で、守ってあげたくなる」

そこまで言って、公爵家での彼女の笑顔《えがお》としょんぼりする顔を思い出す。

「人差し指をこう添《そ》えて、目線だけはしょんぼりしていたんだ」

「姫君が、か？」

「あぁ。あの表情は保護案件だ。絶対誰にも渡さない。本当に抱《だ》きしめたい衝動《しょうどう》をよく抑《おさ》えたと思う」

涙《なみだ》を堪《こら》える彼女の頭を撫《な》でたが、それだけで心が満たされた。

(さらに触れたいなんて……自分がこんな欲を持つとは思わなかったな)

彼女に触れた手を見つめながら、思わずにやけた。

「いや、うん。春は来てたんだな。疑っていた俺を許してくれ」

「なんだ。さっき信じているって言ったくせに疑っていたのか」

「すまない。でもその様子なら大丈夫《だいじょうぶ》だな。……なら俺は静かに応援《おうえん》でもしますかね。頑《がん》張《ば》れよ、レイノルト。姫君の心を射止めるんだぞ」

「……ああ。必ず」

(これ以上愛《いと》おしいと思える人には出会えないだろうな)

手を胸に当てて、彼女を思った。

(これが俺にとって最初で最後の恋《こい》だよ、レティシア)

彼女の幻影《げんえい》を思い浮《う》かべて、誓《ちか》うように焦《こ》がれるのだった。

第六章……戦意を磨いて

「では、今日の練習を始めましょうか」

「はい」

意思表明から数日後。

あれからというもの、私はリリアンヌに社交界での戦い方を教わっていた。

今日はその一つである〝睨《にら》み方〟を習得する。

「まずは見せてくれる？　大抵《たいてい》の人は睨めば形になるのだけれど。レティシアも、自分でできていないと思っているだけかもしれないわ」

「……ではあちらに向けて。いきますね」

「えぇ」

さすがにリリアンヌに向けて睨むことはできないので、斜《なな》め前に向けて目を細める。

「ど、どうですか、お姉様」

「……もう少し細められる？」

「……あ」

「瞑《つぶ》っちゃったわね。……うん、確かに睨めてなかったわ。目が悪いのかしらと感じるだけで、全然怖《こわ》くなかったわね。このままじゃ牽制《けんせい》にならない気がするわ」

「……ですよね」

（やっぱりできてないかぁ。……睨むのに下手《へた》とかあるものなの？）

不出来さに少し落ち込んでいると、リリアンヌは続いて自分の方を向いて睨むように指示をする。一瞬《いっしゅん》戸惑《とまど》うものの、私の気持ちを察したリリアンヌがすぐさま口を開いた。

「これは言わばお勉強だから、無礼だとかは考えないで。さ、やってみて」

「どうですか……！」

「……なるほどねぇ」

どうやら何かがわかったような様子のリリアンヌ。

「レティシアは眉毛《まゆげ》が動いてないいんだわ」

「眉毛？」

「そう。眉毛が動かないまま目を細めているから、睨みにはならないのよ。眉毛をちょっと中心によせるようにして、怒《いか》りを少し表せば睨みになるはずよ」

「こ、こうですか」

「できているんだけど、変な所に力が入って睨めてないわ。何というか、嫌悪感が伝わらない感じ。気持ちを入れてみて。……そうそう。目の下には力を入れなくて良いの」

「眉毛……目の下……あ」

「もう一回やってみましょう」

上手《うま》く調節をしようとすると、睨む前に目を瞑ってしまう。

何度か繰《く》り返してもたどり着くのはそこだった。

「課題が見つかったわね。眉を動かす意識と、気持ちを表現すること。この二点ね」

「何回でも練習します！」

「その心意気はとても良いわ。でも、無理に睨むことを身に付けなくてもいいの」

やはり不向きすぎただろうかと感じ始める。

（表情筋を動かさない期間が長すぎたのかな……）

過去の失態を悔《く》やみ始めたとき、リリアンヌは腰《こし》の辺りから何かを取り出した。

「眉毛が動かせなくても雰囲気《ふんいき》というものは作れるの。これ、なんだかわかる？」

「せ、扇子《せんす》……？」

「正解。私の以前のキャラはこれを必要としなかったけれど、レティシアなら似合うんじゃないかしら。こうしてね」

そう言うと、リリアンヌは扇子を広げて口元に持っていった。

「こうやって口元を隠《かく》すでしょ。そしたらほんの少しだけ目を細める。それだけで不機嫌な雰囲気の出来上がりよ」

「わぁ……！」

「これならレティシアにも簡単にできるでしょう？　もちろん、本格的な睨みを身に付けたいのならば練習するといいわ。ただ、それまでの繋《つな》ぎとしてこの扇子を使ってみて。だから練習しすぎて睨むのを癖《くせ》にしないことよ？」

「は、はい、お姉様！」

「よし」

リリアンヌの思わぬ提案に感動をして胸を高鳴らせる。

私のことを最大限に考えてくれた事実に胸が温かくなっていく。

感じている想《おも》いは見て伝わったのか、嬉《うれ》しそうにリリアンヌは笑《え》みを深めていた。

少し経《た》つと、ベアトリスが顔を出した。

「練習は順調？」

「はい」

「レティシアの呑《の》み込みが早いので」

「それは良かった」

気遣《きづか》いであっても、優《やさ》しい言葉に嬉しくなる。

「じゃあ少し休憩《きゅうけい》をしましょう」

そう呟《つぶや》きながらベアトリスもソファーに座った。

そして、昨日のレイノルト様とのやり取りを思い出した。

（……相談、してみようかな）

そう思い立つと、恐《おそ》る恐る口を開いた。

「あの、ベアトリスお姉様、リリアンヌお姉様。実はご相談したいことが」

二人は笑顔で頷《うなず》きながら、快諾《かいだく》してくれた。

「……最近お世話になっている方がいまして。困っていると何かと助けになってくださるのですが、ご厚意を毎回受け取るだけなのは失礼かと思いまして」

「それはそうね。お世話になっているのなら、何かしら返すというのは正しいと思うわ」

ベアトリスの言葉に隣《となり》で頷くリリアンヌ。

「そういう問題はリリアンヌの方が得意じゃない」

「お姉様も大して変わらないでしょう。レティシア、それで？」

「それでお礼の品に困っていまして。お相手の方に尋《たず》ねたら、手作りのものが欲しいと」

〝手作りのもの〟というのはやはりパワーワードなのか、姉達の挙動がぴたりと止まる。

一瞬間が空いてから、リリアンヌが質問した。

「……なる、ほど。ちなみにだけれどレティシア」

「はい」

「そのお相手の貴族は男性？」

「そうです」

「……」

「……」

「……？」

リリアンヌが途端《とたん》に微妙《びみょう》な表情を浮かべたかと思えば、ベアトリスも小さく口を開けて静止していた。その反応が読み取れずに、私は首を傾げていた。

少しの間沈黙《ちんもく》が続くと、リリアンヌは意を決した様子でこちらを見た。

「……レティシア。貴女《あなた》はそのお相手の人のことをどう思っているの？」

「どう、ですか。ええと……」

(レイノルト様は背中を押してくれて変わるきっかけをくれた人、なんだけど)

「……とても感謝をしています」

「感謝……そう。他《ほか》には何かある？」

「他に、ですか？　いいえ。特にはありません」

私自身がレイノルト様に抱《いだ》く思いは、恐らく感謝一択《たく》だ。

他にどんな思いを持っているのかはあまり考えたことがなかったのでわからなかった。

戸惑うことなく伝えると、何故《なぜ》かリリアンヌの方が動揺《どうよう》していた。

「感謝はとても大切だと思うわ。……確認《かくにん》のために聞くけれど、手作りのものが欲しいって明確に言われたのよね？」

「はい」

「それって例えばクッキーが食べたい。お店は問わない、何なら手作りでも良い。みたいな雰囲気かしら」

「いえ、手作りならば何でも良いと言われました」

「……そう、なのね」

曖昧《あいまい》な反応をするリリアンヌに、どことなく不安が押し寄せてくる。ベアトリスは心なしか難しそうな表情になっていた。異様なこの空気に、少しずつ焦《あせ》り始めるものの対処法がわからず静かに沈黙する。

「……ちなみにだけれどレティシア。貴女さえ良ければ、お相手の名前を聞いてもいいかしら。レティシアがお世話になった相手ですもの、いずれ私もお姉様と挨拶《あいさつ》に伺《うかが》わないとねぇ、お姉様」

「え、あ、そうね。リリアンヌの言う通りだわ。レティシアが変わるきっかけをくれた人なら恩人も同然。是非《ぜひ》名前を聞かせて欲しいわ」

「はい。フィルナリア帝国《ていこく》大公のレイノルト・リーンベルク様です」

その名前を告げた瞬間、二人の表情が固まる。

「……ご存じですか、リリアンヌお姉様」

「え、……えぇ。もちろんよ。帝国の大公ですもの、お名前だけは聞いたことがあるわ」

「私も名前だけなら。お会いしたことはないわね」

その答えに一人納得《なっとく》する。人との接触《せっしょく》を避《さ》けていたレイノルト様ならばあり得ることだろう、そうと思っているとリリアンヌが平常運転に戻《もど》った。

「……なるほどね、爵位《しゃくい》の高い方から要求されては無下にはできないわよね。それならしっかりと用意しましょう。手作り、ね。二人の思い出の品とかが良いのではないかしら」

思い出の品という言葉を聞いて名案を思い付く。

「なるほど、思い出の品ですか」

「作れそう？」

「はい、一つ思いつきました」

私の悩《なや》みが解決した所で、リリアンヌがベアトリスに話を振《ふ》った。

「そう言えばお姉様。何か用があってここに来たのでは？」

「そうだったわ。リリアンヌ、レティシア。ドレスを買いに行くわよ」

「ドレス……ああ、もしかしてキャサリンの生誕祭のですか」

「ええ。恐らくそこが、レティシアの初の戦場になるでしょうね」

生誕祭は名の通り、キャサリンの誕生日パーティーで毎年恒例《こうれい》で行われる。

今年の生誕祭は五日後に迫《せま》っており、準備をし始めなくてはならなかった。

ただ不思議なことに、我《わ》が家で生誕祭を行うのはキャサリンのみなのだ。

「あの。どうしてベアトリスお姉様とリリアンヌお姉様は生誕祭を行わないのですか？」

「あの人がいる時は目立った行動を控《ひか》えるため、その後は単純に面倒《めんどう》で私もリリアンヌも開催《かいさい》してないわ。大体催《もよお》した所で、何の利点もないもの」

「それどころか、キャサリンに利用される恐れがあるくらいですもの。だったら必要ないでしょう？」

「確かに」

「これに関しては義務でもないし、今時は身内だけで済ます貴族も少なくないもの。そもそも、こういう個人的なパーティーは多くの者に慕《した》われていて成り立つのよ」

「お姉様も私も、慕ってくれるような人はいませんものね」

「というわけよ」

「な、なるほど」

今年の生誕祭は例年と違《ちが》い、キャサリンはかなりの気合いの入れようだと聞く。

その理由は、第一王子の婚約《こんやく》者候補となって初めての生誕祭だから。

ベアトリスは私とリリアンヌ二人を交互《こうご》に見ながら話を続けた。

「急な話になったけど、一時間後玄関《げんかん》に集合よ。二人とも準備してちょうだい。キャサリンの力の入れように立ち向かうには、まずは舐《な》められない姿で挑《いど》まないといけないわ。そのためにはドレスの新調が不可欠よ」

という訳で、私たち姉妹《しまい》はドレスを新調するために城下街へ行くことになった。


気になっていた末っ子が、母親やキャサリンに似ないで育っていたことを知った時は心底安堵《あんど》した。次女である私、リリアンヌは母に似ないようにかなり意識して育ったから。

姉のベアトリスが守る意味があったと言えるほど、レティシアは伸《の》び伸びと自由に生活をしていた。

母親との件を聞かせるのは簡単ではなかったけど、しっかりと最後まで聞いてくれた。

悪評に当てはまる要素など一つもない妹、レティシア。

それが実際に接触してみてわかったことだった。

社交界に染まらない、どこか変わり者の要素があるレティシアに、興味を抱くのに時間はかからなかった。その上、私たちの行動を無駄《むだ》にしないと、戦うことを決めてくれた時は感動して胸が熱くなった。それは姉も同じ様子だった。

そこで明確に認識した。

この子は私の大切な妹。どんな困難からも助ける義務が自分にはある、と。

そんな喜びと決意も束《つか》の間、まさかあんな爆弾《ばくだん》を落とすだなんて。

「随分《ずいぶん》暗い顔ね」

「お姉様も心情は同じでは？」

城下街に行く準備をする時間、支度《したく》が一足先に終わった私は姉の部屋で待機をしていた。

「まさかレティシアに好意を寄せる男性がいたなんてね」

「しかもお相手は大公ですよ。フィルナリア帝国の……レティシアの相手として不足はないでしょうけど。何分本人が何も気付いていないそうで」

「あの様子だと……そうね。恋愛《れんあい》に興味がない可能性もあるわね」

「二人の様子を見たことが無いからわかりませんが、応援《おうえん》できるかは雰囲気次第《ふんいきしだい》ですね」

ただでさえ好意を寄せる男性の存在にも、その相手の身分にも驚《おどろ》くのに、その好意に一つも気付かない、レティシアの鈍感《どんかん》さには開いた口が塞《ふさ》がらなかった。

「ところでリーンベルク大公はどのような方なの？」

「以前偶々《たまたま》話を聞いたフィルナリア帝国の伯爵令嬢《はくしやくれいじよう》の話だと、大公は女性との関《かか》わりに一線を引いていて、決してそこから踏《ふ》み入ることはできない、踏み込ませない方だと。なので、てっきり婚約者を作らない女性嫌《ぎら》いの方だと思っていました。王弟《おうてい》ですし」

「なるほど。でも手作りのものを要求しているあたり、かなりの好意を抱いていそうよね」

ベアトリスの意見に頷《うなず》いて同意する。

「はい……もし大公殿下《でんか》が本気なら、本人に頑張《がんば》ってもらいましょう」

「そうね。決めるのはレティシアですもの」

姉としてどうやら考えていることは同じようだ。

しかし、いつ話しても冷静な姉には敵《かな》わない。これが数少ない素《す》の部分なのは心強い。

ここまで自分を守ってくれた姉の後ろ姿を見ながら、今度は自分がレティシアを守るのだと一人力強く意気《いき》込《ご》んだ。


三人で一つの馬車に乗り込んで城下街に向かう。

「リリアンヌお姉様のその姿にはまだ慣れません。別人みたいです」

「混乱させてごめんなさいね」

「いえ。お姉様方はとても綺麗《きれい》です」

「ふふ、ありがとうレティシア」

「その言葉、素直に受け取るわ」

リリアンヌが微笑《ほほえ》むと、それに続いてベアトリスも小さく笑《え》みをこぼした。

馬車での会話を楽しんでいると、すぐに洋装店に到着《とうちゃく》した。

早速《さっそく》個室に移動すると、二人の姉は新調するドレスについて話し始める。

「主役はキャサリンとは言え、レティシアの好みとは恐《おそ》らく被《かぶ》らないでしょうね。私とお姉様とも違う気がするから、好きなドレスを着て大丈夫《だいじょうぶ》よ。何か希望はある？」

「似合うものならなんでも」

「それだと世にあるほとんどのドレスが当てはまってしまうわ。……ここは戦略的に考えてもいいかもね」

そう言うと少し考え込むリリアンヌ。

続いてベアトリスが口を開いた。

「悪評のせいで最低まで下がってしまった品格を取り戻すためにも、今回のドレスはいつも以上に華《はな》やかなものにすべきだと思うわ。もちろん、以前の私やリリアンヌとは異なる系統の華やかさよ」

「華やか……着こなせるように頑張ります」

「大丈夫よ、レティシアなら似合うから」

「お姉様、珍《めずら》しく良いことを言いますね」

「いつもでしょう」

三人でドレスを見て回りながら、吟味する。

姉達に見立ててもらいながら、戦闘《せんとう》服として自信が持てるようなドレスを選んでいく。

「……た、高くないですか」

「平気よ。家のお金だもの」

値段を見て思わず本音がこぼれる。ベアトリスは気にする必要はないと答えた。

「で、ですが……」

「あぁ。レティシアは今まで無駄遣《むだづか》いをあまりしてこなかったのよね」

心情を察したベアトリスだが、口から出たのは説得の言葉だった。

「レティシアはお父様のお金だと聞いて抵抗《ていこう》があると思うけれど、この使用は当然の権利だと思うべきなのよ」

「当然の権利、ですか」

そう尋ねた私に、ベアトリスは頷いた。

「えぇ。ろくに育児をしなければ、面倒も見ない。関わりを持とうとしないくせに、何かがあれば知っているかのように決めつける。これほどまでに迷惑行為《めいわくこうい》をされているのだから、そのお詫《わ》びとして散財して良いと……私はそう解釈《かいしゃく》しているわ」

「親として役目を果たしたことなんて数少ないのよ、あの父は。だからせめて、養うという最大の役目は果たしてもらわないと。同じ自分の子どもなのに、人によって対応が違うのはおかしな話でしょう。それで宰相《さいしょう》を務めているんですもの、笑っちゃうわよね」

皮肉たっぷりのリリアンヌの言葉に、困惑《こんわく》を浮《う》かべながらも内心ではその言い分に強く頷いている自分がいた。

今まで抱《いだ》いていた疑問は当然姉達も感じていた。私よりも数年、家族として過ごした期間が長い二人の方が思うことは山ほどありそうだ。

「でも私達の考えなんて知らないでしょうし興味もないから、私とお姉様はただの浪費《ろうひ》家だと思われているのよ。……何というか、自分に都合の良《い》いように解釈する人間なのよ、お父様は」

「そうなんですね……その、あまり関わったことがないので」

「関わるだけ時間の無駄だもの。これからも関係を変える必要はないのよ？」

微笑みながら告げるその表情は、目だけ笑っていなかった。明らかなる父への嫌悪《けんお》をリリアンヌから感じ取りながらも、その心中は察せられた。

リリアンヌに代わり、今度はベアトリスがため息をつきながら淡々《たんたん》と意見を述べる。

「まぁ、とにかくあれね。レティシアがお父様の悪い部分を受け継《つ》がなくて良かったわ」

「都合の良いように解釈する、という部分ですか？」

「そう。あと思い込みの激しい所ね。しかもどちらも無自覚。……悪い部分が似てしまうのは一人で十分よ」

その言葉に私は疑問を投げた。

「一人？」

「そうよ、一人。いるじゃないそっくりな奴《やつ》が」

「……もしかして、お兄様のことですか」

「正解」

恐る恐る答えてみれば、見事に当たっていた。途端《とたん》にベアトリスの表情は嫌《いや》みを含《ふく》んだ笑みへと変わり、言葉遣《ことばづか》いもどこか刺々《とげとげ》しくなる。

「キャサリンとレティシアが対峙《たいじ》している時、必ずキャサリンの擁護《ようご》をするでしょ。別に誰《だれ》かを擁護することを否定する訳じゃないわ。カルセインの悪い所は、一方の言い分しか聞いてないのにまるで全《すべ》てを把握《はあく》した気になって、レティシアを悪者にしている所よ。こういうのを都合の良い解釈っていうのよ。似ているでしょう？」

ベアトリスは心底あきれたように、カルセインについて語った。

横を見ればリリアンヌも激しく同意するような表情で頷いていた。

「……とても」

私は察したように遠い目をしながら笑みを作ると、それは先程《さきほど》のリリアンヌのような微笑みになった。

「今からでも……」

ぼそりと呟《つぶや》くベアトリスの言葉は、はっきりと聞き取れなかった。

姉達が一通り言いたいことを言い終えると、それぞれがソファーに着いた。

休憩《きゅうけい》をするのも束の間、今度は目の前に置かれたカタログをベアトリスが手にした。

「……このドレス、絶対レティシアに似合うじゃない。ちょっと待っていて。在庫があるか聞いてくるわ」

「それなら私が行きますよ。お姉様は少し休んでください」

リリアンヌがソファーにいるようにと、手のひらをピシッと向けながら言った。

「良いわよ、聞いてくるだけだから」

「聞いてくるだけなら年下の私が行きます」

「レティシア、それなら二人で行きましょう。お姉様は休んでいてください。ね？」

「……わかったわ」

リリアンヌの圧に抵抗を諦《あきら》めたベアトリスは、立ち上がるのを止《や》めた。

二階にある個室から、店員のいる一階へと二人で向かう。

「あまりお姉様には言ってなかったけれどね、私お兄様のこと大嫌《だいきら》いなの。それはもう軽《けい》蔑《べつ》するほどに」

「具体的な理由を聞いても」

「もちろん。と言っても簡単よ。お姉様のことを私よりも長く見続けてきたはずなのに、お姉様の本当の姿に気付かず、軽蔑的な目を向けている所よ」

「確かに、お兄様ならお姉様と二人で過ごした時間がありそう……」

「私もそう思うわ。お姉様の根本は優《やさ》しさしかないもの。お姉様の努力があって自由に生きられたのは、お兄様だって同じことなのに、それをわからずに蔑《さげす》んだ目を向けるのはキャサリンとやっていることが同じなのよ」

リリアンヌの心情は物凄《ものすご》く理解できた。

「凄くわかる気がします」

話を聞いただけでもベアトリスの偉大《いだい》さは伝わる。

その姉の姿を間近で見てきたリリアンヌなら、憤《いきどお》るのも当然のこと。

「……まあ、お姉様が無理をしているのを見《み》抜《ぬ》けずに本性《ほんしょう》だと捉《とら》えてしまうのは仕方のないことではあるから、一概《いちがい》に非難はできないけれど。だとしても好きではないのは確かよ」

リリアンヌはそう締《し》めた。

想像以上に鋭《するど》い言葉だらけでも、初めて知る、兄カルセインへの姉達の評価。

父と兄。どちらとも関係が少ない私でさえそう感じるのだ。姉達二人の不満と苦労は、それ以上のことだろう。考えながら階段を下りると、一歩前を歩いていたリリアンヌが足を止めた。

「悪いことを言うとその人が現れると聞いたことがあるけれど、どうやら本当みたいね」

ため息交じりの小さな声の先には、父と兄が立っていた。

「……レティシア、何をしている」

いつも通りの冷ややかな声で名前を呼ばれる。その声の主は父。鉢合《はちあ》わせるような形で父と兄に対峙する。冷静に形式だけの挨拶《あいさつ》をした。

「ごきげんようお父様、お兄様。見ての通り、買い物をしています」

「また散財か」

父の棘《とげ》のある言葉でも興味がないからか、胸に響《ひび》かないため、無表情で受け止める。

「いくら公爵家《こうしやく》であろうと、使って良い額にも限度が……っ」

意味のない兄の小言が始まるかと思えば、何故《なぜ》か急に言葉を止めた。その反応は父も同じで頭上に疑問符《ぎもんふ》が浮かんだ。父と兄の順で口を開いた。

「……身内の事は後ほど他所《よそ》でやろう。まさか友人連れとは」

「粗相《そそう》を謝罪いたします、ご令嬢《れいじょう》。ところで見ないお顔ですが、どこの家の方でしょうか」

(……⁇)

その言葉にますます謎《なぞ》が深まったが、視線の先を見て瞬時《しゅんじ》に状況《じょうきょう》が理解できた。

それと同時に、父と兄二人に対するあきれた感情が一気に湧《わ》き起こる。

「……まぁ。これほどあきれた言葉は聞いたことがありませんわ。友人？　見ない顔？　面白《おもしろ》い戯言《ざれごと》を仰《おっしゃ》るんですね。お父様、お兄様」

「……は？」

「今、なんと」

リリアンヌの返しに固まった末、父が声をこぼすと、兄は呟くように声を出した。

「どこの家の令嬢かと尋《たず》ねられましたわね。お答えしますわ。エルノーチェ公爵家の次女リリアンヌにございます。以後お見知りおきを」

そう、今日のリリアンヌはぶりっ子の武装を解いた、貴族の中の貴族とも言える高い品と知性を兼《か》ね備えた令嬢モードだ。

とはいえ、その姿と事情を知らない父と兄からすれば別人に見えることだろう。

私も、図書室で出会った時はすぐにはわからなかったが、リリアンヌの特徴《とくちょう》を覚えていた。しかし二人はそれさえも記憶《きおく》にないのだ。唖然《あぜん》とする二人をよそに、リリアンヌは辛《しん》辣《らつ》な言葉を続けた。

「家族の顔を忘れたのであれば咎《とが》めることなど致《いた》しませんわ。ただ、それだけ希薄《きはく》な関係であるのならば、口出しは不要ではないでしょうか。もちろん、それは私だけではなく、姉妹《しまい》全員が、ですよ。だって……王国の宰相たるお父様は、理由もなしに姉妹の中で対応を変えることなどしないでしょう？　ですからこれまで通り、家の中でも外でも干渉《かんしょう》は控《ひか》えてください。私もレティシアも、家族とは名ばかりの希薄な関係の方々から、文句を言われる謂《いわ》れはありませんから」

ぐさりと心に刺《さ》さる言葉だが、圧倒《あっとう》的に正論であるために反論のしようがない。

それをわかっているのか、はたまた状況処理が追い付かないのか、二人は無言で立ち尽くしていた。誰も声をあげない今が、私の番であることを示すかのようであった。

「……以前、謹慎《きんしん》を告げられた時に御《お》二方と極力関《かか》わらないよう努力をすると約束致しました。偶然《ぐうぜん》とはいえ、お時間を奪《うば》ってしまい大変申し訳ありません。このようなことが無いように、以後気を付けます」

小さく頭を下げると、続いてここを去る旨《むね》を伝えた。

「話は……終わっていない」

「左様ですか。何でしょう」

このまま行かせるのは彼らの矜持《きょうじ》が許さなかったのか、カルセインの口から引きとめる言葉が出た。だがリリアンヌの件で受けた衝撃《しょうげき》が抜けておらず、最初にあったカルセインの迫力《はくりょく》は半減していた。

「……先程言った通りだ。公爵家の娘だからといって散財をするな。これに関しては、希薄だろうと無いに近い関係であろうと、同じ公爵家の人間として色々と迷惑《めいわく》を被《こうむ》る。苦言を呈《てい》する理由としては十分だろう」

(……同意の視線ね)

父は何も喋《しゃべ》らずに、カルセインの言葉に小刻みに頷《うなず》きながらこちらを見ていた。

リリアンヌの発言は少なからず二人に影響《えいきょう》を与《あた》えたようで、言葉の端々《はしばし》にリリアンヌの言葉を気にする様子が感じ取れる。それならば、と胸の内を全てぶつけようと動いた。

「散財。……お兄様にとって散財とは何でしょうか」

「……言葉の通り、湯水のように使っていることだ。散財でわからなかったのなら砕《くだ》いて伝える。お金の使いすぎに対して控えろと言っている」

返ってきた反応は予想通りのものだった。

無表情から、少し余裕《よゆう》のある笑《え》みを浮《う》かべて質問する。

「なるほど。お金の使いすぎ、ですか。……だとすれば、言う相手を間違《まちが》えているかと思います。自分で言うのも気が引けますが、少なくとも私は姉妹の中で一番お金を使っていないと思いますので」

「馬鹿《ばか》げたことを……」

何を見て私が散財したと断言したかはわからない。だが今重要なのはそこではないので置いておく。思い込みの激しいカルセインに、私は事実で対抗《たいこう》を試み始めた。

「疑われるのならば、事実だけを述べていきます。そうですね……まずはデビュタント。通常の貴族の令嬢ならば、品質の良いドレスを選ばれますよね。私は中古のドレスを購入《こうにゅう》後、リメイクしたものを使用致しました。これはデビュタントに限らず、パーティーに関してしては毎回同じことをしています。まともに高いドレスは買ったことはないので、無駄遣《むだづか》いしていないと思います」

淡々《たんたん》と貴族の令嬢らしからぬ行動を告げた。

初めて聞く私のデビュタントの裏話に最も衝撃を受けていたのは、リリアンヌだった。目の前の二人も未《いま》だに疑わしい目で見るものの、動揺《どうよう》しているのは明らかだった。

「……ドレスを買わなかったのは、キャサリンから渡《わた》されていたからだろう。キャサリンがレティシアの分まで購入していたのにもかかわらず、選《え》り好みをして拒否《きょひ》したのは」

「フリルにフリルもはやフリルでできた、へんてこりんなドレスや、金銀を使って派手さを重要視したデザイン性皆無《かいむ》のドレス……等々。センスの欠片《かけら》もないドレスを着るくらいなら、自身でリメイクしたものを着た方がはるかにマシです。私にも恥《は》ずかしいと思う感情はあるのです」

被《かぶ》せ気味に反論すると、今度は本当に黙《だま》り込んでしまった。

「今日は初めて新品の綺麗《きれい》なドレスを買いに来ました。お姉様に誘《さそ》っていただけたので。ベアトリスお姉様とリリアンヌお姉様は私のことを考えて選んでくださいます。どなたかとは違って」

キャサリンの身勝手なドレスとは比べ物にならない、比べるまでもないことを伝える。

「私もリリアンヌお姉様と同意見です。変な言い掛《が》かりをつけて、文句を言うだけの干渉は止《や》めてください。何も知らないのに、思い込みと臆測《おくそく》だけで私やお姉様方を語らないでください」

毅然《きぜん》とした態度で意見を述べることなど、少し前までは面倒《めんどう》と感じてしなかった。

自分の口から出た言葉に驚《おどろ》くと同時に、変化と成長を実感する。

「私の言いたいことは以上です」

カルセインと父も、これ以上言いたいことが見つからなかったのか、二人は黙り込んでしまった。良い頃合《ころあ》いだと感じ取った私とリリアンヌがその場を去ろうとした時、父が
「お金は自由に使いなさい」と小さな声で漏《も》らした。正式に許可が出た訳だが、戸惑《とまど》った様子でいかにも腑《ふ》に落ちないという声色《こわいろ》だった。

「言われずともそうするつもりですわ」

リリアンヌの声を最後に、私達はその場を後にした。

在庫確認《かくにん》を済ませると、ベアトリスの待つ部屋へと戻《もど》った。

「遅《おそ》かったわね。何か不手際《ふてぎわ》でもあった？」

心配そうに尋ねる彼女に、リリアンヌは包《つつ》み隠《かく》さず一階であった出来事を全《すべ》て話した。

「……ということがありまして」

「レティシア、貴女《あなた》……デビュタントのドレスが中古ですって？」

「え、あ……はい」

「お姉様、私もついさっき知りました。こればかりは本当に悔《く》やまれます」

「全くよ。どうして豪華《ごうか》なものを用意しなかったの！　その権利があると言うのに」

「お、落ち着いてください」

（これは自費で購入したことを言ったら火に油を注ぐことになるな……黙ってよう）

話の行き先が父と兄ではなく、まさかの私のデビュタント衣装《いしょう》へと向かってしまった。

「中古といっても、遜色《そんしょく》ないようリメイクしましたし」

「中古であることに変わりはないでしょう。デビュタントは一生に一度しかないのに新調しなかっただなんて……こうなったら生誕祭のドレスは物凄《ものすご》く豪華なものにするわよ」

「そうしましょうお姉様。お父様直々に自由にお金を使ってよいと許可が出ましたので。ついでに自分達のものも新調しましょう」

「ちゃっかりしているわね本当……でもそうね。好きなだけお金を使いましょう。レティシア、今度の生誕祭が貴女の本当のデビュタントよ」

「それはさすがに」

生誕祭の主役はキャサリンだ。

浮かんだ戸惑う気持ちはいとも簡単に見透《みす》かされる。

「あらレティシア、遠慮する必要なんてどこにもないわよ。これまで貴女がされたことをお返しするのだから。これでは足りないくらいよ」

「そう……ですね」

リリアンヌの綺麗な笑みに圧倒された。

「さ、そうと決まれば、ドレスを決めてしまいましょう」

気合いの入った姉達を止める術《すべ》もなく、ただ静かに着せ替《か》え人形になった。

そんな日も悪くなかった。自分のことをこんなにも真剣《しんけん》に考えてくれることに嬉《うれ》しさを感じながら、ドレス選びを楽しんだ。

納得《なっとく》のいくまで、三人で協議を重ねるのだった。

◆

まさかの父と兄との遭遇《そうぐう》。

長女としてやはり付いて行くべきだったと少し後悔《こうかい》した。

それだけでも十分な衝撃だというのに、レティシアのデビュタントについて聞いた瞬間《しゅんかん》、さらなる驚きが自身を襲《おそ》った。

貴族の令嬢《れいじょう》にとって、デビュタントがいかに大切かは男性でも知っていること。それを中古のドレスで済まさなくてはいけなかった状況《じょうきょう》に、酷《ひど》く胸が苦しくなった。同時に、何もできなかった自分に腹が立ち、たまらなく悔《くや》しい感情に襲われた。その思いはリリアンヌも同じようで、黙っていても伝わってきた。

二人揃《そろ》ってその後悔を払拭《ふっしょく》するために、飛び切り良いドレスを選ぶことにした。

（それにしても、腑に落ちないことが多すぎるわ。私とリリアンヌの時は遠ざけていたとは言え、さすがの父でもデビュタントに一言二言は口を出した。なのにレティシアは何もなし。これは……)

恐《おそ》らく誰《だれ》かに面倒を見ることを丸投げしたのだろう。そんなことを彼らが頼《たの》むのは、キャサリン一人しかいない。

(それに加えて、散財の勘違《かんちが》いの件。いくら父とカルセインの思い込みが激しいとは言え、何のきっかけもなしにその考えには至らない。……判断する材料は帳簿《ちょうぼ》や報告。そこに偽《いつわ》りがあるのは間違いなさそうね)

レティシアを圧倒《あっとう》的な悪者として仕立て上げて自身を輝《かがや》かせるというのが、今まで行ってきたキャサリンの手口。だがそれは社交の場で十分行ったはず。家の中でもレティシアの立場を下げる手段を取っていると言われればおかしくはないけど、必要性は感じない。

(ここまでくると、個人的な感情が見える……。レティシアが変わり始めたのは良いことだけど、キャサリンを相手にした時、簡単には事は運ばないでしょうね)

懸念《けねん》と不安が積もりながらも、だからこそ私とリリアンヌの補助も強化せねばと思い直した。それと同時に、私も来《きた》る日に備えて色々と動き出すことを決めた。可愛《かわい》い妹の笑顔を守るためにも、姉としてできることを全力で。元々関わりが少なかった末の妹を知るたびに、自分が壁《かべ》になり演じた意味があったと安堵《あんど》する。

本人は胸を痛めていたが、私自身の努力が実を結んだと理解できた時は報《むく》われた気がして嬉しくてたまらなかった。守られることを当然としない、芯《しん》を持った強いレティシアを私が自慢《じまん》の妹だと思っていることは、本人は知らないだろう。

今でも言い返されたあの日を思い出す。

あの日レティシアがどのような子かわからなかった故《ゆえ》に、悪評通りに接してしまった。けど、尻拭《しりぬぐ》いはしないと宣言されて、実は私は凄《すご》く嬉しかったのだ。「あぁ、あの子はまともだ」とどれ程《ほど》安堵したことだろう。

私が今まで傲慢《ごうまん》に振《ふ》る舞《ま》ってきたことに、意味があったとレティシアの存在が肯定《こうてい》してくれたのだ。それにどれ程私が救われて、レティシアを大切に思っていることか。

でもこの思いは知らなくていい。私だけの秘密にしたいから。

ドレス選びの翌日、私は退職の旨《むね》を伝えに食堂へ出かけてきた。

「おかえりなさいませ、お嬢様《じょうさま》。お手紙が届いていますよ」

「本当？」

手紙の主はレイノルト様で、文通を開始していた。

（あれ？　今回はまだ返事を書いてないのに）

やり取りを一度終え、今度は私から送る番だったので疑問符《ぎもんふ》が浮《う》かんだ。

手紙に触《ふ》れていると、ラナから心配そうな声が聞こえた。

「お嬢様、大丈夫《だいじょうぶ》ですか？　ご決心なされたとは言え、食堂を辞《や》めるだなんて」

「私は平気よ。社交界で生きると決めたのだから、逃《に》げ道を作ってはいけないわ。……食堂は大好きだったから悲しいけど、いつか胸を張って会いに行きたいな」

（……突然《とつぜん》の退職にマーサさんとロドムさんは驚いていたけれど、深く理由を聞かないでくれた二人には感謝しかない。きっと、私が貴族であることに気が付いていただろうから）

訳ありだった私を雇《やと》って、最後まで優《やさ》しくしてくれた二人には頭が上がらない。長い時を過ごした食堂は、私にとって忘れられない場所だった。その思い出を大切に胸にしまう。

手紙を開封《かいふう》すると、私の姉達と距離《きょり》が縮まったという報告に安堵する旨が書かれていた。

それよりも目に入ったのは、キャサリンの生誕祭に参加することだった。

（なるほど、だから急いで送ってきたのね）

頑張《がんば》りすぎていないかという、心配する内容には交《か》わした約束が頭を過《よぎ》った。

（しっかりと守っていますよ。それと……『早く貴女に会いたいです』、か。私も早く成果を見せたいな。もう目が悪い人とは言わせたくないし）

手紙を大切に保管すると、すぐさま返事を書いた。

（よし、贈《おく》り物を生誕祭で渡《わた》せるように完成させないと）

手紙に封をすると、今度は約束のお礼の品を作り始めた。

「何をしているんですか、お嬢様。それもお仕事の一つですか」

「ううん。お礼品を作っているの」

「お礼品に……その丸いのを、ですか？」

「丸いの、じゃなくてスノードームね」

「スノードーム……あぁ、最近棚《たな》に飾《かざ》ってある置物のことですか」

「そうよ」

「え、あれって作れるんですか⁉」

「材料さえ揃《そろ》えばね。先日城下街に出たでしょう？　お姉様達に無理言って何軒かお店を回ってもらったの」

そう答えながら手を動かしていく。

「綺麗《きれい》かな」

「凄く。キラキラしています」

見た目が崩《くず》れていないかラナに確認《かくにん》を取りながら、黙々《もくもく》と作業をしていた。

「四日後の生誕祭、いらっしゃるのですか？　大公殿下《でんか》」

「ええ。参加する旨が手紙に書いてあったわ」

それにしても、キャサリンがレイノルト様に招待状を送ったことにも驚《おど》いた。

自分の体裁《ていさい》のためと、利用しようとする意図が丸見えだった。

（でも、レイノルト様ならキャサリンに利用なんてされないから、そこは大丈夫）

レイノルト様のそつの無い振る舞いは身をもって経験している。

いらない心配だと片付けると、作業に集中した。

一時間すると、ようやく満足のいくものが完成した。

「……できた！」

「完成しましたか！」

「うん。ラッピングも含《ふく》めて完璧《かんぺき》。後はこれを生誕祭当日に渡すだけ」

「生誕祭……いよいよ、ですね」

「うん……頑張らないと」

そう私達が揃えて向ける視線の先には、戦闘《せんとう》服であるドレスが輝いていた。

「……当日のことを考えたら心配になってきた。ラナ、表情管理の練習付き合ってくれる？」

「もちろんです。その前に休憩《きゅうけい》、ですけどね」

「そうだね」

さらりとお茶を用意してくれるラナに感謝しながら、一息ついた。

四日後は生誕祭、戦いの幕が開く。

その事実に気を引き締《し》めながら、準備を進めるのだった。

第七章……生誕祭の開幕

部屋の窓から外の様子を窺《うかが》うと、複数の馬車が屋敷《やしき》の中に入って来ていた。間違いなく生誕祭の招待客のものだった。

少しずつその音は増えていき、同時にパーティーの開催《かいさい》時刻も迫《せま》っていた。

（……まだ夕方前なのに、随分《ずいぶん》と早い到着《とうちゃく》ね）

招待客の到着よりも一足先に全《すべ》ての用意を済ませた私は、ホールにある程度人が集まるのを待っていた。主催者《しゅさいしゃ》側ではあるが、招待客の機嫌取《きげんと》りは役目ではない。むしろ彼らと同じように主役を祝う立場で、動きは招待客側に近い。

主役の登場まで、招待客への対応は公爵《こうしゃく》である父が務める。本来ならば姉妹《しまい》の誰《だれ》かしらが行うものだが、何せ関係が普通《ふつう》ではないため任されることはない。

（というよりも、いつも通り引き立て役にさせるんでしょうね）

人が集まり、会場が段々と賑《にぎ》わってくるのを雰囲気《ふんいき》で感じ取る。

「……時間ね、行ってくるわラナ。ラナもこれから持ち場に行くのよね？」

「はい、お嬢様。ですから途中《とちゅう》までお供致《いた》します」

「ありがとう」

生誕祭が開始される直前、どうしても緊張《きんちょう》で気が高ぶってしまう。そんな中、心強い申し出に安堵《あんど》の笑《え》みを返し、ドアの前に用意しておいた武器を手にする。

「……よし」

それを強く握《にぎ》りしめながら、会場へと向かった。着飾《きかざ》り、武器を手にすると戦うという実感が湧《わ》いてきた。背筋を伸《の》ばして堂々と歩いていく。公爵令嬢という肩書《かたが》きを、今日からは身に重く刻んで足を進めて行く。

「健闘《けんとう》を祈《いの》ります、お嬢様」

「えぇ、……最善を尽《つ》くすわ」

「いってらっしゃいませ」

短く言葉を交わして頷《うなず》き合うと、ラナに見送られて会場の入り口へ向かった。

今回はエルノーチェ家が会場なので、来客専用の出入口と私達身内専用の出入口の二つ存在する。

（……大丈夫、落ち着いて）

身内専用の入り口の扉《とびら》の前に立つと、ふぅっと大きく息を吐《は》いた。

ふと今まで教わった出来事の数々がいくつも思い浮かんでくる。

最後の復習のように、立ち回り方を脳内で確認した。

扉の横にあった鏡に気が付くと、その前に向き直った。

「……大丈夫、私ならできるわ。そうでしょ、レティシア？」

そう自問すると、改めてドレスを見返す。

ベアトリスとリリアンヌ、二人が時間をかけて悩《なや》みに悩んだ末の選択《せんたく》。

紫色《むらさきいろ》と銀色をベースとし、レースとフリルを上品に見えるだけ施《ほどこ》したデザイン。着る者を際立《きわだ》たせる、ドレスとしての役割を十分に果たしたもの。それに合わせて、今日は手袋《てぶくろ》も身に着けている。

「ええ。貴女《あなた》なら大丈夫《だいじょうぶ》よ、レティシア。ね、お姉様」

「そうよ。自信をもって、良い意味で気楽にしなさい」

「お姉様……！」

背後から声が聞こえ、振《ふ》り向くとこちらにやって来る二人の姉がいた。

「全く。キャサリンが侍女《じじょ》をほとんど連れて行ったから手間取ったわね」

「でもお姉様。そのおかげで、ドレスの存在はばれませんでしたし」

不満を漏《も》らす姉達が並ぶ姿を見て、あることに気が付いた。

「……お二人は今日、なんだかドレスが似てらっしゃいますね」

「さすがレティシア。すぐに気付いたわね」

「リリアンヌお姉様が武装を解かれてそちらの姿で参加されるのにも驚きですが……」

満面の笑みのリリアンヌに、率直《そっちょく》な感想を述べると視線をベアトリスへ移した。

「……ベアトリスお姉様が赤一色のドレス以外を着られるのも驚きです」

「私も自分で驚いているわ」

「ふふ、今日という日は私達三人の二回目のデビュタントですから。生まれ変わった姿で挑《いど》まないと、ですよ」

「リリアンヌ……レティシアの、じゃなかったの」

「せっかくですもの、私ももう一つのデビュタントにしますわ」

「はぁ……人の生誕祭でやる所が、リリアンヌを物語っているわね」

「あら。これまで散々利用させてあげたんですから、これくらいは許していただかないと」

頭の悪い演技を一掃《いっそう》したリリアンヌお姉様の容貌《ようぼう》は、天使そのものだった。

ベアトリスお姉様も同じく無駄《むだ》な強い雰囲気が消え去り、頼《たよ》りがいのある品格者としての姿になっていた。

「それにレティシア、お揃《そろ》いは私とお姉様だけじゃないわよ？」

リリアンヌの指差す方を見ると、三者のドレスをならんで映した鏡があった。

「本当、ですね……よく見ると、所々似通っているデザイン……」

私が紫色と銀色なのに対し、ベアトリスは薄《うす》い赤色と銀色、リリアンヌは濃《こ》い桃色《ももいろ》と銀色だった。完全一致《いっち》というわけではなく、三人並んでようやく気付けるほどではあるが、似ている所のあるデザインだった。

「……こういうのは初めてですが、凄《すご》く嬉《うれ》しいです。なんだかとても心強くなります」

「よかった」

「リリアンヌ、良い案だったわ」

「ふふっ。ありがとうございますお姉様」

いつも通りの見知った雰囲気に心を落ち着かせる。

その瞬間《しゅんかん》、扉の向こうの会場の雰囲気がさらに賑やかなものに変化した。

どうやら主役用の正面入り口から、キャサリンが入場したようだ。

「やっぱりやったわね」

「予想通りですね。まぁそれを逆手に取るんですけれど」

扉の向こうから聞こえる賛辞に、姉達は目を細めた。

本来ならば、主役は最後に登場するもの。

だから私達にも入場の順番があった。

しかし、教えられた主役の入場時間は異なっている。彼女の入場はもう少し後のはずだ。

(キャサリンお姉様は、何としてでも私達を利用するつもりね。だから自分が先に出て、後から入場して主役よりも目立とうとする、不出来で愚《おろ》かな姉妹たちという構図を作りたかったんだろうな。……悲劇のヒロインになるために)

もちろんその行動は三人とも予想済み。

後回しにされ、悪者扱《あつか》いをされるのなら、私達はそういう風に見えないように登場すればいいだけの話。

「キャサリンお姉様は、まだお姉様達が悪評のままだと思っているみたいですね」

「いつまでも望み通りには進まないことを理解した方が良いわ、あの娘《こ》は」

「お姉様、あの娘も必死なんですよ、王子妃《ひ》になりたくて。もっともその器《うつわ》ではありませんけどね」

冷ややかな視線を扉越《ご》しに向けながら、入場の準備をした。

「さ、行きましょうか」

「ええ。大丈夫、レティシア？」

「……大丈夫です、行きましょう。ベアトリスお姉様、リリアンヌお姉様」

問いかけに力強く頷くと、ベアトリスは扉を開けた。

それと同時に私は光が差し込む方へ、一歩踏《ふ》み出した。二人の姉が後ろから続く。

来客者用の入り口と大きく異なるのは、二階からの入場になるため階段を下りなくてはいけないということ。それも、主役用の真ん中にあるものではなく、端《はし》にある幅《はば》もそこまで広くない階段を。

だから本来なら目立つ入場口ではないのだ。

しかし、主役よりも遅れた登場に会場中の視線を集める。

主人公キャサリンより遅れたことに関して、キャサリンを支持する貴族たちから批判の声やどよめく声が聞こえてもおかしくないのに、一切《いっさい》その声は聞こえなかった。

「素敵《すてき》……」

誰《だれ》かがそう呟《つぶや》いたのをきっかけに、会場内で賛辞が沸《わ》き起こる。

三人一緒《いっしょ》での入場は個々のドレスの豪華《ごうか》さもあって壮観《そうかん》となった。

階段を下りると、三人が並んだ。

華《はな》やかなドレスも相まって、煌《きら》びやかな雰囲気《ふんいき》が醸《かも》し出される。会場内の誰もが見とれていた。注目の視線を失ったキャサリンは、ひたすら悔《くや》しそうに鋭《するど》い視線をこちらに向けた。

それも一瞬の出来事で、すぐにこちらに父と向かってくる。

(カルセインお兄様は……まだいないみたい)

会場をさっと見渡《みわた》して、キャサリンと父と対峙《たいじ》した。

「主役より遅れてくるとは何事だ」

「おとう――」

キャサリンが父に便乗して劇を開始しようとしたので、私が即座《そくざ》に遮《さえぎ》った。

「申し訳ありません。ですが事前に頂いた話で、主役であるお姉様の入場時間はもう少し後だったはずです。どうやら違《ちが》ったみたいですが……それはどなたの手違いでしょうか」

「あら不思議。私もレティシアと同じ時間を聞いていたのですけれど」

「なに、リリアンヌ貴女も？　変ね。私もよ」

その謝罪に乗じて姉達が事実で畳《たた》みかける。

「……それならいい」

「そ、そうだったんですね」

(自分に非があり、負けた時はすぐさまなかったことのように振る舞《ま》う。本当、ずる賢《がしこ》い)

自分の思い描《えが》く通りにならなかったキャサリンは、少し笑顔《えがお》を引きつらせていた。

「はい。では失礼します、キャサリンお姉様」

これ以上私から責める要素もないため会話が終了《しゅうりょう》する。会釈《えしゃく》をしながら、静かに三人で端へとはけた。その間、話題は私達三人の独占《どくせん》となった。

「あれって……ベアトリス様、よね？」

「いつもと全く雰囲気が違うけど……髪《かみ》色がベアトリス様よ」

「……素敵」

見違えたベアトリスの姿に対して感嘆《かんたん》する声。

「ねぇ、それよりも。あの後ろの方どなたかしら。見たことないけれど」

「先程《さきほど》リリアンヌって、ベアトリス様が……」

「う、嘘《うそ》でしょう。別人よ⁉」

リリアンヌの変貌《へんぼう》に対する驚《おどろ》きの声。

「レティシア様って、あんなにお美しい方だったかしら」

「いつもと違って、なんだか目で追ってしまうわ」

「えぇ……立ち居振《ふ》る舞いや所作まで綺麗《きれい》ね」

「お綺麗ね、凄く」

自分に対してそこまで称賛《しょうさん》の声をもらえるとは思わなかったので、予想外の反応に嬉しさがこみ上げていた。

「御《お》三方、並ぶとあんなに絵になるのね……」

「ええ。いつもとは全く違うわね」

「よくわからないけど、素敵すぎることだけはわかるわ」

令嬢《れいじょう》達の興味を奪《うば》い、会場中の関心を集めた。

その結果に納得《なっとく》のいかないキャサリンの内心だけが、酷《ひど》く乱れていたことだろう。

(隠《かく》しきれていませんよ、キャサリンお姉様)

わずかに見える苛立《いらだ》ちを、壁際《かべぎわ》からこっそり眺《なが》めていた。

なんだかキャサリンが霞《かす》んだように見えた。いつものパーティーでは、これでもかと言うほど一人だけ輝《かがや》いていたのに。よく観察すると、理由がわかった。

（そうか。いつも引き立て役になっている私達三人がまともな格好をしているから、全くと言っていいほど目立てないんだわ）

一人疑問に納得する。

（もしかして、今ならキャサリンお姉様に負けない存在感を放てるかも。……よし、堂々としていよう。キャサリンお姉様はともかく、周囲の貴族に少しでも侮《あなど》られないように）

飲み物を片手に持って、ベアトリスの言葉に耳を傾《かたむ》けた。

「反応としてはまずまずよ、レティシア。キャサリンが絡《から》んできたら、まずは一人で戦うことになるけど……先程の様子なら大丈夫《だいじょうぶ》そうね」

「……頑張《がんば》ります」

ベアトリスは穏やかな笑みをこぼすと、そのまま続けた。

「それにしても相変わらず豪華な会場装飾《そうしょく》ね。まだ王子妃候補であって、王子妃ではないのに」

「本人の中では確定事項《じこう》なんですよ、お姉様。さらに言えば、今日という日に確定させるつもりなんじゃないかしら」

「なるほどね。でもレティシアも負けるつもりはないでしょう？」

「はい……！」

ベアトリスの言葉に対して、私は口角を少し上げながら頷《うなず》いた。

三人で考えた生誕祭の登場で注目を集めるという作戦は無事成功した。登場で強い印象を与《あた》えたからか、招待客である貴族達はキャサリンだけに集中しなくなった。それにより、私に心の余裕《よゆう》が少しずつ生まれ始める。

「さて、ここで一度解散にするわよ」

ベアトリスの言葉にリリアンヌと二人頷く。

「三人でいたら、キャサリンは来ないでしょうからね」

「はい。……御二方はどちらへ？」

「安心なさい、会場内にいるから。リリアンヌは？」

「私は少しのどが渇いちゃって。何か飲み物を飲んでくるわ。もちろん、レティシアの勇姿は見届けるから」

「ありがとうございます」

二人の気遣《きづか》いに笑みをこぼすと、それぞれが優しく肩《かた》に手を乗せた。

「頑張りなさい、レティシア」

「いってらっしゃい。貴女《あなた》なら大丈夫よ」

ベアトリス、リリアンヌの順に応援《おうえん》の言葉をもらう。

その言葉に大きく頷くと、私は歩き出した。それと同時に二人もそれぞれの目的のために動き出す。

キャサリンが絡んでくるように人が多く劇をしやすい場所に移動して、静かに待機した。来客のほとんどがキャサリンへの挨拶《あいさつ》を済ませた頃《ころ》、会場内の視線は再び一点に集中した。

会場内に現れたのはセシティスタの第一王子、エドモンド殿下《でんか》。前には案内するかのようにカルセインがいた。その姿をチラリとだけ確認のつもりで視線を向ければ、隣に立つ者に視線を奪われた。

（レイノルト様……）

普段《ふだん》以上に豪華な服装と言える三人の格好は、キャサリンの口角を上げさせた。

それを横目で見ながら、レイノルト様を静かに見つめた。

普段パーティーで目にする礼装よりも、一段と華やかなものになっていた。

すると、こちらに気が付いたのか、目線がしっかりと合う。そして、レイノルト様の口元が動いているのがわかった。

（頑張って……って言ったのかな）

応援の言葉ではあるはずなので、それに応《こた》えるように力強く頷いた。

令嬢達はキャサリンがいる手前、エドモンド殿下ではなく、レイノルト様に好意的な視線を送っている。

（レイノルト様、視線を集めているのに、嬉《うれ》しくなさそう。気のせいかな、いつもより硬《かた》い笑顔に見える）

仮面のような笑みを張り付けて、殿下と兄とともに令嬢達の視線に応えている。その笑顔から喜びは一切《いっさい》感じ取れずむしろほんのりと嫌悪《けんお》が浮《う》かんでいるようにも見えた。

三人がキャサリンの方へと向かうのを静かに目で追う。最大限の上品な振《ふ》る舞いでキャサリンは祝辞を受け取った。だが、周囲の反応はいつもより薄《うす》いものだった。

そして、談笑《だんしょう》が開始される。

距離《きょり》があるため会話は聞き取れないが、雰囲気でお祝いの言葉だと推測した。

レイノルト様が傍にいると、ほんの一瞬自慢《じまん》げに笑みを深める素顔《すがお》が見えた。

(隣に立っていただけなのに、あたかも自分のステータスにしようとするあたり、さすがとしか言いようがないな)

しかし、終始エドモンド殿下との二人きりの会話になっており、レイノルト様やカルセインから口を開くことはなかった。すると、二人だけにした方が良いという雰囲気を感じ取ったレイノルト様が会釈をしてその場を後にした。どうやら気配を消しながら、人の合間を縫《ぬ》って会場の端《はし》に移動しているようだった。キャサリンとしては形だけでもレイノルト様に傍《そば》にいてもらうことで、色々と都合が良かったのだろう。

カルセインも少し経《た》ってから同じようにその場を後にする。

殿下との挨拶を済ませたキャサリンは、各貴族からお祝いの言葉をもらい始めた。

(貴族達からの挨拶が終わったら、こっちに来るだろうな)

エドモンド殿下が来るまでに一部の貴族は既《すで》に挨拶を終えていたから、私の方に来るのに時間はかからなそうだ。

レティシアとリリアンヌを見送ると、ある人物に会うために会場の中心から離れた。賓《ひん》客《きゃく》である彼がキャサリンへの挨拶を済ませて人気《ひとけ》のない場所へ向かうのを目線で追うとともに、私はすぐさま動き出した。

今回の生誕祭は悪評通りの傲慢《ごうまん》な令嬢ではなく、末っ子の勇姿を見届け助ける長女、ベアトリスとして参加した。リリアンヌは私達のデビュタントも含《ふく》めてしまおうと言っていたが、正直悪い気分ではなかった。

(やり直すことはできないけど、大切な妹二人と希望のドレスで入場できただけで満足よ)

捜《さが》していた彼が会場の端にいるのを見つけると、私はすぐさま彼の下《もと》へ向かった。

(今しかないわ)

緊張《きんちょう》する胸をなんとか静めると、目的の人物に近付いた。

「失礼いたします。お話ししたいことがございますので、少しよろしいでしょうか。大公殿下」

(レティシアの姉だと警戒《けいかい》されるかしら)

「！……もちろんです」

容貌《ようぼう》から察したのか、私がレティシアの姉だということはすぐに理解できた様子だった。一瞬抱《いだ》いた懸念《けねん》は大公殿下の応答する声色《こわいろ》から不必要だと判断し、急ぎ本題に入った。

「本日は足を運んでいただきありがとうございます。お初にお目にかかります。レティシアの姉の一人、長女のベアトリス・エルノーチェです。帝国《ていこく》の大公殿下にご挨拶申し上げます」

「ご丁寧《ていねい》にありがとうございます、レイノルト・リーンベルクです」

「色々と話したいことがあるのですが、時間が限られておりますので必要最低限のことだけ述べることをご容赦《ようしゃ》ください」

「もちろんです」

久しぶりに第三者へ、れっきとした貴族の令嬢《れいじょう》の姿で接する。傲慢かつ身勝手な振る舞《ま》いを剝《は》ぎ取った、真実の姿。だというのに、悪評通りに見られてしまうのではと、一抹《いちまつ》の不安が過《よぎ》る。それでも私は自分の使命を全うしようとする。

「最初に、今日に関する重要な話を。この後キャサリンはいつも通りレティシアに接触《せっしょく》すると思います。その際、レティシアは今回戦いますが、打ち負かすことは不可能でしょう。それどころか最悪の場合、追い詰《つ》められることも考えられます。今夜のパーティーはキャサリンにとって有利な場所ですから。そこでレティシアが危機に晒《さら》された時、どうか大公殿下には何もしないで欲しいのです」

戦うとはいえ、今回は初戦。あくまでもレティシアの変化した姿を見せつけて宣戦布告することが目的だ。もちろん、勝てることなら勝ちたいが、キャサリンという敵はそう簡単に負かせるものではない。

「……助けに入るな、ということでしょうか」

「はい」

予想通り、大公殿下から納得《なっとく》する表情は見られない。それを承知の上でさらなる無礼を告げる。

「勝っても負けても、そこで大公殿下が現れれば、キャサリンに揚《あ》げ足を取られる可能性が非常に高いのです。現状レティシアは悪評が真実だと見られており、周囲の貴族からの印象は悪いままです。失礼ながら、この状態では助けに入られてもキャサリンの思うようにしか働かないでしょう。さらに、大公殿下の印象を下げてしまう恐《おそ》れもあります。レティシアの状況《じょうきょう》が悪化することを避《さ》けるためにも、どうかお願いしたいのです」

それにレティシアと大公殿下はまだ婚約《こんやく》を結んではいない。だから、大公殿下が助けに入れば不用意に注目を集めることになり、最悪キャサリンに利用されかねないのだ。

「……」

「レティシアは大公殿下に迷惑《めいわく》をかけることは避《さ》けたいと思っているはずです。大公殿下がレティシアと明確な関係が構築できた時……その時に助けていただければと」

「……わかりました。エルノーチェ嬢の意思を尊重します。姉として守りたい気持ちは理解できます。それに、仰《おっしゃ》る通りまだ彼女にふさわしい立場ではないので」

立場を考えた時、まだ助けには入れないと納得された様子だった。

「ありがとうございます、殿下」

不満を浮かべることなく、すぐに申し出を受け入れてもらえたことに安堵《あんど》する。

「……私には、二つの使命があると思っています。この二つを実現させるためには、大公殿下のお力が必要不可欠なのです」

馬鹿馬鹿《ばかばか》しい話と捉《とら》えられてもおかしくはないが、大公殿下は一切目をそらさずに話を聞き続けてくれた。

「一つは妹二人を……場合によってはそこに弟も含まれるかもしれませんが、彼女達が幸せになるよう尽力《じんりょく》し、成し遂《と》げたいと考えております」

カルセインが今までしてきた行いは消え去るわけではないものの、彼が曲がった育ち方をしてしまったのには同情するものがある。

(どんなに酷《ひど》い姿を見ても……幼い頃《ころ》のカルセインを忘れられない。結局私は自分に精一《せいいっ》杯《ぱい》で、カルセインをまともな大人にすることは叶《かな》わなかった)

一呼吸すると話を続けた。

「ちなみにレティシアに関して、なのですが」

私が接触したことと、ここまでの話しぶりから大公殿下のレティシアに対する気持ちを察していることは、伝わっているように見えた。それ故《ゆえ》に、踏《ふ》み込んだ話をしてみる。

「あの娘《こ》は恋愛《れんあい》に関してはかなりの鈍感《どんかん》のようで……関係を構築するのは一筋縄《ひとすじなわ》ではいかないと思います。ですが、関係の浅い私から見ても、大公殿下の話をするレティシアはどこか楽しそうなのです。どうか、よろしくお願いいたします」

「ありがとうございます。……期待を裏切ることは決してしないと、ここに誓《ちか》います」

大公殿下の力強い眼差《まなざ》しから、本心であることがわかった。

レティシアの幸せを勝手に決めるつもりはないが、現状最もレティシアを幸せにできる人は目の前の人物で間違《まちが》いないと断言できる。これは、リリアンヌと話し合った結果でもある。

（リリアンヌの話を聞いて、熟考した結果二人で下した結論だから）

少し穏《おだ》やかな雰囲気《ふんいき》となった大公殿下は、それを保ったまま真剣《しんけん》な瞳《ひとみ》で問いかけた。

「ちなみに、もう一つとは一体」

その瞳に向き合うと、私はそれ以上に真剣な眼差しで答えた。

「私は公爵《こうしゃく》になることを考えています」

（……そろそろ、かな）


瞼《まぶた》を閉じて小さく深呼吸をする。そして目を開けた時、予想は的中した。

いつも通り、私を利用するためにキャサリンが一歩ずつ近付いてきていた。

（……扇子《せんす》よし、目つきよし、気持ちよし。大丈夫《だいじょうぶ》、戦える……！）

扇子を手に持つか悩《なや》んだが、祝辞が先だと判断し手を止めた。

キャサリンが近付くにつれ、周囲はいつものように観客と化した。

「……レティシア」

「お誕生日おめでとうございます、キャサリンお姉様」

悲愴《ひそう》感を醸《かも》し出し始めた姉に、流れを作らせないようにさっと祝辞を述べる。軽く一礼をするが、その所作は二人の姉仕込みの品を感じさせる動き。ただ、感情を一ミリも込《こ》めていない言葉からでは、以前と同じレティシアだと、キャサリンは見誤るだろう。

（心から祝う理由もなければ、込める想《おも》いも皆無《かいむ》。下手《へた》に感情を込めてしまえば、自分からキャサリンお姉様に利用されにいくようなもの。……忘れてはいけないのは自尊心）

「ありがとうレティシア。まさか参加してくれるだなんて思わなかったわ……。その、最近貴女《あなた》を傷付けてしまったでしょう？　てっきり嫌《きら》われてしまったと思って」

　恐らくこれは、建国祭二日目の地方での出来事で間違いなさそう。私が即座《そくざ》に帰ったのを良いことに、都合の良い解釈《かいしゃく》で立ち回ったあの一件が思い出される。

「でも……今日の貴女の服装を見たら、安心したわ。ありがとう、そのドレスを着てくれて」

　やはりキャサリンはどうしても、妹を更生《こうせい》させた姉というルートを辿《たど》りたいようだ。たとえ虚偽《きょぎ》だとしても。

　いつも通り、反論しないと見越《みこ》して、平気で嘘《うそ》を並べる。

　以前の私なら、黙《だま》ってキャサリンの一人劇を無言で見続けていただろう。

　そして周囲は、キャサリンの言葉が真実だと受け取る、これが今までの茶番劇だった。

（キャサリンお姉様……もう私は茶番劇をするつもりはないの。何もしないままでいるつもりもないの。ごめんなさいね。だから貴女と戦うわ）

　強い決意とともに、キャサリンへ視線を即座に合わせると言葉を返した。

「傷付けた自覚が、おありなんですね」

「えっ……それは、もちろん。私がお父様に貴女の不手際《ふてぎわ》を報告したから建国祭の最終日、謹慎《きんしん》になってしまったでしょう？」

　ほんの一瞬《いっしゅん》、キャサリンに動揺《どうよう》が走る。

だが、さすが茶番劇及《およ》び本日の主役というべきか、対応力と切り替《か》えの早さは安定している。

(告げ口、の間違いでしょ。自分が失言したことは隠《かく》して、私の悪い部分だけ目立つように報告したのだから)

建国祭の最終日に謹慎をした、これは貴族であれば誰《だれ》でも重く受け止める事態だろう。周囲の貴族からざわめきが起こる。その様子を見た兄とエドモンド殿下がみかねてこちらに向かってくるのが見えた。

キャサリンは私を落とすだけ落として、勝手に自分が用意したことにしているドレスを引き合いに出して、綺麗《きれい》に事をまとめるつもりのようだ。

「本当に申し訳ないと思っているの。貴女にいくら非があったからといっても、謹慎はやりすぎだったと思うのよ。ごめんなさいレティシア、私がもっと気を配ってあげられれば——」

自分の思い描《えが》く脚本《きやくほん》通りに進めようと、見事な演技を見せるキャサリン。自分が悪い、と本当に妹思いで素晴《すば》らしい姉を演じる。兄とエドモンド殿下もキャサリンのすぐ後ろまで来た。見せ場が最高潮に達しようとした時、私は声を出して笑った。

「ふふっ、ふふふふっ」

一度目の笑いで扇子を顔に近付け、二度目の笑い声で瞬時に扇子を開き口元を覆《おお》った。

「ここまで馬鹿にされた謝罪は初めてですわ、お姉様」

扇子を広げて戦闘態勢《せんとう》を取る。学び得たことが発揮できたようで、少し離《はな》れた場所で喜びの笑《え》みをニヤリと浮《う》かべるリリアンヌが見えた。ベアトリスとレイノルト様もまたそれぞれの場所でこちらを見守っている姿が視界に映る。そしてラナは、会場の料理を整理しながらこちらに視線を向けていた。

自分の見える範囲《はんい》に味方がいる、ただそれだけで心が段違いに軽くなっていく。余裕《よゆう》が生まれたことを証明するかのように、私は扇子を畳《たた》んだ状態に戻《もど》すとキャサリンに向けて言葉を続けた。

「今日は生誕祭。とてもおめでたい日ですね、お姉様」

扇子の先を片方の手で触《ふ》れながら、おしとやかな口調になるように話す。

「あ、ありがとう」

「歳《とし》を重ねるにつれ、人は成長するというもの。ですが、己《おのれ》の事を自分だけで把握《はあく》するのは難しいことです。ですので、今日はお姉様がまた一段と大人になられることをお手伝いさせていただければと思います。特別なことは、特別な機会でしかできないものですから」

「そ、そう、ね……」

突然《とつぜん》の申し出に動揺が隠しきれないキャサリン。

殿下とカルセインも距離《きょり》を取った場所でただ黙っている。

地方の一件の時は、まだ癇癪《かんしゃく》とも取れる言動だった。しかし今日は饒舌《じょうぜつ》に言葉を並べている。恐《おそ》らくその姿を見るのは初めてのことだろう。動揺が焦《あせ》りを呼び、私のおかしな提案にも作った優しい笑みで応《こた》えてしまう。余裕が無いのは明らかだった。

「お姉様、思っていないのならば謝罪などするべきではありませんよ。その結果、さらに私を蔑《ないがし》ろにする形になっていますから」

「私……そんなつもりは」

目線を下げながら、今度は私が悲しい雰囲気を出す。悲愴感を醸し出せるのは、何もキャサリンだけではない。ただ、あくまでも今日は非常識な姉に進言する妹でなくてはならない。私が悲劇のヒロインになる必要はどこにもないため、悲愴感は程々《ほどほど》にしておく。

「それと、話を捏造《ねつぞう》される悪癖《あくへき》は直された方がいいですよ」

「捏造なんて……したことはないわっ！」

キャサリンこそ正に女優。

動揺からすぐさま立て直し、私を悪に見えるように劇を再開した。

「あら。ついさっきも捏造されたではありませんか」

畳んだ扇子を顎《あご》に近付けながらキョトンと首をかしげる。

表情筋が弱くても、小技《こわざ》で雰囲気を作っていくのだ。

「そんなこ」

「そんなことありますよね？　ではお聞きしますが、何故《なぜ》私がこのドレスを着て現れたらお姉様が安心なさるのですか」

キャサリンの言葉にわざと被《かぶ》せるようなタイミングで、声を遮《さえぎ》った。

「……いつも、私の選んだドレスは着て貰《もら》えなかったでしょう？　でも今日は着て貰えたから……てっきり、それがレティシアなりの祝福だと思ったのだけれど、私の思い違《ちが》いみたいね」

キャサリンの中での私は、どうやらいつまでたっても反論できない妹なのだろう。だから平気で息を吐《は》くように虚言《きょげん》を並べられるのだ。その現状にあきれた目を向ける。

キャサリンの発した言葉から、キャサリンを常に取り巻いていた令嬢《れいじょう》が讃《たた》える言葉を交《か》わしていく。

「素敵なお召《め》し物だと思ったら、キャサリン様が選ばれたのね。さすがだわ」

「ええ。素晴らしいセンスよねぇ。王子妃《ひ》候補に選ばれるだけあるわ。それなのにレティシア様ったら、何が不満なのかしら」

「本当にね」

その言葉をきっかけに、周囲の貴族からもいつものような反応が繰《く》り広げられる。

キャサリンが絶対的正義であり、それに楯突《たてつ》く妹レティシアは絶対的悪だと。

作り上げられたその世界に酔《よ》っているのか、それとも長年の悪癖が身に染《し》み付いているからか、息をするように虚言を発していることに本人さえも気付いていないようだ。

（何年も馬鹿にされていたことを改めて実感した。……これ以上は、私の矜持《きょうじ》を傷付けさせませんよ、キャサリンお姉様）

空気が圧倒的《あっとう》にキャサリン側になるものの、そんなものお構いなしに答えた。

「思い違いも甚《はなは》だしいですね」

「そう、よね。ごめんなさい……」

「そもそもこのドレスはキャサリンお姉様から贈《おく》られたものではないのに。それなのに何故喜ばれるのですか？　おかしな話ですね」

「レ、レティシア……センスを自分の物にしたい気持ちはわかるけど……でも、嘘《うそ》はよくないわ」

そう言えば空気が収まると信じて疑わないキャサリン。

その態度にはいよいよ嫌気《いやけ》がさしてくる。

さらには援護《えんご》をするかのように、キャサリンの味方が現れた。

近づいてきて一番に発した言葉はいつもと同じもの。

「……何をしているんだ、レティシア」

「お兄様、エドモンド殿下《でんか》……」

「嘘、と聞こえたけれど……大丈夫《だいじょうぶ》かい？　キャサリン嬢」

「私は、平気にございます……。ただ、レティシアが」

何度も経験しているからこの後誰が口を開くのかがわかる。何を言うのかも。

だから私は兄の発言を待たずに、こちらから仕掛《しか》けた。

「お兄様、先日城下街の洋装店でお会いしましたよね？」

「あ、あぁ……そうだな」

「このドレスはその時に購入《こうにゅう》したものです。その日、キャサリンお姉様に付き添《そ》われた記憶は私にはありません。お兄様、私の隣《となり》に立っていたのがどなたか覚えてらっしゃいますか？」

「それは……」

「まさか、ご自身の妹の顔も忘れられたのですか？」

「――っ！」

その言葉はカルセインにとって、忘れられない日の記憶を呼び起こした。

妹を見間違えた、あの日のことを。

衝撃《しょうげき》が呼び戻されたからか、カルセインの体はピタリと止まり、表情が複雑なものとなっていった。何を言うべきかの葛藤《かっとう》が垣間《かいま》見《み》えたが、彼はポロリとこぼすように真実を告げた。

「……リリアンヌ、だったな」

「!!」

その言葉に周囲の貴族からざわめきが起こる。しかし、何よりも衝撃を受けていたのはキャサリンだった。

(裏切られた、みたいな顔をしているけど……カルセインお兄様はあくまでも真実を語っただけ。何を勘違《かんちが》いしているんでしょうね)

毎度のように兄に助けを求めていたが、私にはそれは利用しているようにしか見えなかった。自分を良くしてくれる、身近な存在。道具としか思っていなかったのだろう。

(関《かか》わりの少ない私の方が、お兄様の人間性がどんなものか……明確にわかる気がする。だってキャサリンお姉様はそんなこと、興味なかったでしょう?)

今より少し昔、ただ無気力に茶番劇に付き合っていた頃《ころ》、何気なくカルセインという人を観察してみたことが何度かあった。初めは、何があってもキャサリンの肩《かた》を持つ、私にとって絶対な敵になるかと思っていた。だけど、日を追って観察が進むごとにそれが間違いであることに気が付いた。

(カルセインお兄様は、良くも悪くも真実を述べる。偏《かたよ》った思い込みの激しさは、視野が狭《せま》いことが原因だけど。少なくとも、ご自身が見た事実を意味もなく曲げる人ではないわ)

関わり方が違ったら、親しくなれたかもしれない。

答えに導かれた時、そんな考えが浮かんでは消えた。

(そういう人だと思ったから、少しだけ利用させてもらいます)

兄は今回私の武器になってくれる、そう信じてキャサリンの言い分を聞いた。

「お、お兄様。見間違いではないでしょうか？　その日隣にいたのは――」

「いや、間違いなくリリアンヌだった。……印象的だったから、覚えている」

キャサリンは今日一番といっても過言ではないほど焦りだした。

兄は一見真実を淡々《たんたん》と述べているように見えるが、表情には苦しさと辛《つら》さが映し出されていた。

（キャサリンの言うことが虚言だということがわかれば、いつか真相に辿《たど》り着ける。けれどそれは同時に、自分が虚言の片棒を担《かつ》いでいたことを認めなくてはならない。……これ以上ない苦悩《くのう》になるだろうな）

もしかしたら、もう既《すで》に勘《かん》づいているのかもしれない。兄の纏《まと》う雰囲気《ふんいき》は、城下街の洋装店で会ってから少しずつ変化していたからだ。

「で、では……あのドレスは一体……」

「もしかして、リリアンヌ様が？」

事の次第《しだい》を察し始めた貴族の言葉に、少しずつキャサリンは青ざめていく。不安そうにエドモンド殿下はキャサリンを見るものの、それだけで何もしようとはしない。

「このドレスはキャサリンお姉様ではなく、ベアトリスお姉様とリリアンヌお姉様に選んでいただいた一着にございます。そのセンスを自分の物にしたいなど、一度たりとも思ったことはございません。ただ、自分のことを思って選んでくれた方々の厚意を……何もしていない方に横取りされて利用されるのが、我慢《がまん》ならないだけでございます」

「……っ」

淡々と事実だけを述べる。

ただ、リリアンヌに教わった品のある雰囲気を最大限出すのを心掛《こころが》けながら。

カルセインの言葉もあり、キャサリンの勢いは消滅《しょうめつ》した。

周囲の反応も相まって、もはや脚本《きゃくほん》通りに立て直すのは不可能に近い。

「お姉様。似たようなことが、建国祭でもありましたね」

「何の話かしら」

「どういうことだ」

キャサリンがあしらうように作り笑顔《えがお》で返すも、カルセインによってその道が阻《はば》まれる。

「お兄様。建国祭の二日目に、私が癇癪《かんしゃく》をおこしたと仰《おっしゃ》っていましたよね」

「ああ」

「では今のように、真実とは全く違うことを訂正《ていせい》することは、癇癪と言うのでしょうか」

「何が言いたいの、レティシア」

カルセインに尋《たず》ねているというのに、割って入るキャサリン。

その様子は、焦《あせ》りしかないことを証明していた。

「私はただ、自分の飲み物を手にしていただけです。それを勝手にお姉様が自分への気遣《きづか》いだと勘違いなされましたよね。それを違うと弁明するのは、癇癪になるのでしょうか」

「!!」

「ち、違いますわお兄様」

「それにキャサリンお姉様は緑茶のことを軽《かろ》んじましたよね。変わった飲み物だと。まるで口にするのも嫌だと言わんばかりの様子でしたが」

「お兄様、レティシアにより優《すぐ》れた気遣いを求めただけです」

「緑茶はフィルナリア帝国《ていこく》の特産物です。それを蔑《さげす》むような態度を取られたお姉様に、気分を害すことは果たしていけないことなのでしょうか」

「レティシア、嘘をつくのはお止《や》めなさい！」

かなり追《つ》い詰められた状況《じょうきょう》だが、悲劇のヒロインぶるのを止めないキャサリン。

それに対抗《たいこう》して扇子《せんす》なしでなんとか睨《にら》みを飛ばした。

「嘘？　私が虚偽《きょぎ》を述べて何か利益でもあるのでしょうか」

「あるでしょう……!!　私の存在しない悪行を述べることで、私を王子妃《ひ》候補から引きずり下ろすつもりでしょう。そうすれば自分がその座を手にできると思って。だから、そんな虚言をっ……！」

完全なる被害妄想《ひがいもうそう》に、怒《いか》りが生まれる。なんとか気持ちは冷静を保とうとしながら再び反論しようとした。

「虚言など――」

「キャサリン相手に何をしているんだ、レティシア」

しかし、私の声は厳格な声に遮《さえぎ》られてしまった。

「お父様っ！」

「！」

予想外の登場者に思考が一瞬固まる。

（……今まで社交界での姉妹《しまい》問題に、直接的には関わらなかったのに。今日に限って）

「お父様……レティシアを許してあげてください。きっと建国祭最終日に参加できなかったことで、私を必要以上に恨《うら》んでいるだけでしょうから。それに……自分が王子妃になりたくて、こんなにたくさんの嘘を述べたんですわ」

ここぞとばかりに脚本へ戻《もど》そうと大胆《だいたん》な軌道《きどう》修正を図《はか》る。

それこそ嘘で塗《ぬ》り固められた主張だが、この父はいとも簡単にそれを信じるのだ。

「何と浅はかな……」

厄介《やっかい》な存在この上ない。この人は問答無用でキャサリンの味方をする。いつも私の言い分には耳を傾《かたむ》けず、キャサリンの言葉だけを正しいものとして受け入れてきた。

その状況にキャサリンの演技力と雰囲気が相まってか、空気は私を悪者にさせつつあった。

「結局、レティシア様が悪いってこと……？」

「でもキャサリン様の言い分は筋が通っておりますわ。王子妃の座を蹴落《けお》としたい行動なら、合点が……」

「やはりレティシア様は自分勝手なのでは」

予期していた最悪の事態だ。完全に空気がキャサリンの方へと流れていっている状況に、悔《くや》しさから手を強く握《にぎ》る。

「レティシア。お前の行動は前々から目に余るものだった。それに加え、今日というキャサリンにとって重要な日に何をしでかした？　この行為は許されることではない」

「お父様っ……レティシアは何も、悪くなくて……私が」

キャサリンの庇《かば》う演技が再び発動する。睨まれる父に対して怯《ひる》むことはしないが、どうしようもできない状況に悔しさがさらに込み上げる。返す言葉を考えていたその時、凛《りん》と響《ひび》く声が会場を駆《か》け巡《めぐ》った。

「双方《そうほう》ではなく、片方の言い分だけ聞くという愚《おろ》かな癖《くせ》は相変わらずなんですね、お父様」

「今日ばかりはキャサリンに同意しますわ。キャサリンの言う通り、レティシアに非は一つもありませんのよ？　お父様」

ベアトリス、リリアンヌの順番に声を上げながらこちらへと近付いてくる。

最強の味方が、私の背後から姿を現した。

「見て、ベアトリス様とリリアンヌ様とレティシア様のドレス。よく見たら似ているわ」

「本当ね、お揃《そろ》いに見えるわ」

「ということは、ドレスを選んだのはベアトリス様とリリアンヌ様という話の方が、本当なのではないかしら？」

悔しさのあまりか、肩《かた》に異常なほど力が入っていた。

それを落ち着かせるようにベアトリスは優《やさ》しく私の肩に手を置いた。それに続くようにリリアンヌも私の腰《こし》を静かに擦《さす》ってくれる。まるで「もう大丈夫《だいじょうぶ》」と言わんばかりの温かさが、一気に胸に染《し》み込んだ。

それに対して、思いもよらぬ人物の登場に驚《おどろ》きを隠《かく》せないキャサリン。

父は明らかに嫌《いや》そうな顔をした。

「ベアトリス、リリアンヌ。何の真似《まね》だ」

「それはこちらの台詞《せりふ》です、お父様。では問いますけれど、ここまでレティシアを咎《とが》めるのですから、虚言を述べている確固たる証拠《しょうこ》は当然ありますよね。もちろん、キャサリンが言っていたから、というのは証拠になりませんよ？」

「それは……」

「証拠を提示した上で、咎めてください。それに、まるで公平性のないやり方はこの家の当主の品格としていかがなものかと思いますわ」

「――っ」

ベアトリスの淀《よど》みない言い分に、返す言葉を失《な》くした父。以前の傲慢《ごうまん》な姿からはかけ離《はな》れた、凛とした淑女《しゅくじょ》の姿でいることも相まって、周囲のざわめきが最高潮に達《たっ》する。それを全く気にせずに、私の一歩前に二人は出る。そして今度はリリアンヌが話し始めた。

「キャサリン。貴女《あなた》の言う通り、レティシアは何一つ悪くないわ。常識的に考えれば、どちらに非があるかは明らかでしょう。自らの過《あやま》ちを認めることは難しく、誰《だれ》にもできることではないわ。……けれど、貴女はそれを頑張《がんば》って行おうとしたのよね？　素晴らしい心意気だと思うわ。さすが、王子妃候補に選ばれるだけあるわね」

「っ……」

リリアンヌの鮮《あざ》やかな攻撃《こうげき》を真正面から受けるキャサリン。

私の言い分に結局難癖《なんくせ》を付けて、最後まで認めずに謝罪をしなかったことに対する皮肉がつらつらと述べられた。穏《おだ》やかな言葉で語られているが、高度な印象操作をさらりとやってのけるあたり、リリアンヌの立ち回りの上手《うま》さが見える。

（キャサリンお姉様より、ベアトリスお姉様とリリアンヌお姉様の方が余程《よほど》王子妃に向いているわ……でも、エドモンド殿下《でんか》とは結ばれてほしくないけど）

二人の姉による毅然《きぜん》とした態度と言葉は、十分すぎるほどこの場に影響《えいきょう》をもたらした。

だが、その姉をもってしても、折れず諦《あきら》めないのがキャサリンである。厄介この上ない。

「……ベアトリスお姉様も、リリアンヌお姉様も、レティシアの肩を持つのですね。……御二方を差し置いて王子妃候補になってしまったことを不安に思っていましたが、嫌な考えほど当たるというものですよね……」

いつも通り悲しげな表情を浮《う》かべたと思ったら、目に涙《なみだ》をため始めた。

（まずいな……。ここで涙なんて流されれば、お姉様達が懇切丁寧《こんせつていねい》に説明して摑《つか》んだ流れが、一瞬《いっしゅん》でキャサリンの方に行ってしまう）

涙の演技に長《た》けているキャサリンは、一気に周囲から同情を誘《さそ》うのは簡単なことだろう。

その様子を察したベアトリスは、スムーズに話題の転換《てんかん》を行った。

「受け取り方は人それぞれだから、そこに口を出すことはしないわ。お互《たが》いに、言いたいことはまだあるでしょうけど、ここまでにしましょう。祝福の場に身内でのもめ事は不必要でしょう」

「それもそうね、お姉様。この話は一度終わりにしましょう。皆様《みなさま》、ご迷惑《めいわく》をお掛《か》け致《いた》しました。残りの時間をゆっくりと過ごしてください」

リリアンヌお姉様は、その言葉と同時に私のドレスを軽く摘《つ》まんだ。

その合図とともに、姉達に続いて私も笑顔《えがお》で招待客へと言葉を残した。

「……皆様、是非《ぜひ》ともキャサリンお姉様の生誕祭を最後までお楽しみください」

そして、最後に祝福を告げた。

「改めて、キャサリン。おめでとう」

「おめでとう、キャサリン」

「おめでとうございます、キャサリンお姉様」

「あ、ありがとう……ございます」

ベアトリス、リリアンヌ、私という順番で伝える。

さっきまで言い合っていた雰囲気《ふんいき》とは思えない変わり具合をみせる私達。

「そうだわ。キャサリン。私達姉妹は貴女が王子妃候補になったことを心から祝福しているわ。だから安心して」

ベアトリスが微笑《ほほえ》みながら本心を口に出した。周囲の貴族がざわめきだした。キャサリンでさえ戸惑《とまど》う事態だが、それを活《い》かして私達はその場を後にした。

私達が場所を移動すると、ちょうど良いタイミングで演奏が始まった。その音楽をまとうように、私達は気配を消していった。

「ふぅ、こんなものかしらね」

「上出来です、お姉様。レティシア、本当によく頑張ったわ。お疲《つか》れ様《さま》」

「は、はい。……ですが」

「言いたいことはわかるわ。けれど、今日はこれで良いの。というよりも、あそこで切り上げる他《ほか》なかったわ」

「リリアンヌの言う通りよ。あれでキャサリンに泣かれていたら、完全に相手に軍配が上がって終わっていたからね。それならば、こちら側に少しでも関心が向いている時に終えてしまった方がいい」

先を考えて動いていた姉達を見て、自分はまだまだなと思ってしまう。

「今日は言わば、宣戦布告。レティシア、貴女が利用されるだけの人間ではないことを示すためのね」

リリアンヌは微笑みながらフォローをしてくれる。

「ええ。……私も知りたいことを知れたし、本当に十分な収穫《しゅうかく》だったわ」

「知りたいこと？」

ベアトリスの言葉にリリアンヌが首を傾《かし》げる。

「カルセインよ……どこまでキャサリンの肩を持つか知りたかった」

「そうだったんですね」

納得《なっとく》したようにリリアンヌは頷《うなず》いた。

姉達は姉達で探《さぐ》りたいことがあったようだ。それが達成されたのならば、安心できるというもの。

「……今回は負けてしまいましたけど、次こそ必ず」

「何言っているの、レティシア。戦いはまだ終わってないわよ。いい？　これは敗北ではなく、撤退《てったい》という作戦なの。だからまだ負けてないわよ」

今までに見たことのない圧をリリアンヌから感じ取ると、びくりと反応してしまう。

「で、ですが」

「むしろこれからよ。レティシア、落ち込む暇《ひま》はないわ。リリアンヌの言う通り、戦いは終わってないのだから、引き締《し》めないとよ」

「……はい」

負けてしまったことにやるせない気分を抱《かか》えながらも、ただ静かに壁際《かべぎわ》に佇《たたず》むことしかできなかった。気持ちが沈《しず》みかけた時、その暇さえ与《あた》えずに引っ張りあげてくれる二人の姉。心強い存在に決意の眼差《まなざ》しを向けて、こくりと頷いた。

「よし」

「頑張りましょうね。戦いは当然終わってないけれど、このつまらない生誕祭も終わってないから」

「こんなときまで嫌《いや》みを吐《は》けるその精神だけは褒《ほ》めるわ、リリアンヌ」

「ありがとうございます、お姉様」

「……ふふっ」

思わず笑みをこぼしながら、気持ちを落ち着かせていくのであった。

会場はすっかり賑《にぎ》やかさを取り戻《もど》し、さっきまでの殺伐《さつばつ》とした異常な空気はまるでなかったかのように消え去っていた。キャサリンはエドモンド殿下に手を取られて、会場の中心へと移動していく。それを周囲の貴族と父は微笑ましく眺《なが》めているのだった。

(……切り替《か》えの早さもさすがだなぁ)

数分ほど前にリリアンヌは、個人的な挨拶《あいさつ》のために移動しており、壁際にはベアトリスと私の二人きりだった。

「……今ね」

「今、ですか？」

ベアトリスの不意な呟《つぶや》きに反射的に答えるが、一体何の事だかわからない。

「えぇ。レティシア、せっかく来てくださった大公殿下に挨拶しにいくとしたら今よ」

「……！」

(レイノルト様！)

頭の中がすっかりキャサリンとの一戦でいっぱいになっていたせいで、レイノルト様への挨拶がすっかり抜《ぬ》け落ちていた。

(どうしてだろう。今凄《すご》く、顔が見たい、声が聞きたい)

理由のない感情が湧《わ》き起こった。戸惑う暇もなかった。

「行ってきなさい。恐《おそ》らく、人気《ひとけ》の少ないあそこのバルコニーにいるだろうから」

「わかりました、ありがとうございますお姉様」

ペコリと頭を下げれば、優《やさ》しい笑みで送り出してくれた。ベアトリスに言われたバルコニーへ向かう途中《とちゅう》、偶然《ぐうぜん》を装《よそお》ってバレないようにラナが近付いてきてくれた。

「お嬢様《じょうさま》、こちらをどうぞ」

「……ありがとう」

そう言うと、こっそりと紙袋《かみぶくろ》を渡《わた》される。口から出たのは淡々《たんたん》とした事務的な会話だったが、目線では溢《あふ》れる感謝を伝えていた。

(お疲れ様です、お嬢様。本当に素晴《すば》らしかったです)

ラナから、レイノルト様へ用意していたプレゼントを受け取る。

(ありがとうラナ、さすが一流の侍女《じじょ》だわ)

(光栄にございます。では、いってらっしゃいませ)

(ええ)

笑みをこぼしながら別れると、目立つことなくバルコニーへと向かった。

(……！　良かった、いらっしゃった)

一人静かに佇《たたず》む姿は、絵になるほど美しいものだった。レイノルト様は常に眩《まぶ》しいオーラを放っていたが、何故《なぜ》か今日はより一層その輝《かがや》きが強く感じる。そして、今日改めて帝《てい》国《こく》の大公という立場で現れた彼は、とても眩しく遠い存在に感じてしまった。

（……変なの、なんだか寂《さび》しく感じるなんて）

よく考えてみれば、こうして会うことも話すことも当たり前なことではない。

レイノルト様に気が付かれないようにバルコニーの入り口でこっそりと観察する。

（……カッコいい）

レイノルト様の顔立ちが整っていることはもちろん知っている。スラッとしたシルエットで、この上ない品のある雰囲気の持ち主は、まさしく紳士《しんし》そのもの。

今日の登場で令嬢達の視線を集める姿を見て、さすがだなと感じた。圧倒《あっとう》的な存在感を放つ彼は、登場するだけで注目の的になる。にもかかわらず、気配を消して一人でいる姿を見ると、いつもの彼だと安心している自分がいる。

（……何を安心しているんだろう。わかんないや）

胸の辺りを触《さわ》りながら首をかしげている内に、いつの間にかレイノルト様が目の前に来ていた。

「レティシア嬢。いらしていたんですか？」

「……今来た所です」

どうやら気配に気が付いていたようだった。

バルコニーの入り口で立ち止まっていたのは、レイノルト様に見惚《みと》れていたからなのだが、悟《さと》られないようにさらりと誤魔化《ごまか》した。といってもぼおっとした状態で応答したので、説得力はない。

「レティシア嬢、奥へ行きませんか？」

「は、はい」

レイノルト様は、いつものように手を差し出してエスコートをしてくれた。バルコニーの入り口付近にあったテーブルにプレゼントを一旦《いったん》置いて、二人で一緒《いっしょ》に、景色がよく見える奥へと移動する。

「本当にお綺麗《きれい》ですね。天使が舞《ま》い降りたみたいです。いや、女神《めがみ》と言う方が良いのでしょうか。何にも例えられないほど、今日のレティシア嬢は輝いてらっしゃいます」

こちらが見惚れるような眼差しに、いつも以上に美しい極上《ごくじょう》の笑《え》みを浮《う》かべていた。

その眼差しは決して私からそれることなく、まっすぐ見つめていた。

「あ、ありがとうございます」

（輝いているのはレイノルト様の方かと……！）

突然《とつぜん》の褒め言葉ということもあり、驚きながら少し赤面してしまう。

それを隠《かく》したくて思わず斜《なな》め下を見る。

（す、凄いな。お世辞ってわかっているのにドキッとしちゃった）

わずかに心臓が高鳴ったのを感じた。

「本心ですよ。お世辞なら一言で済ませますから」

「そ、そうなんですね」

「もし信じられないなら、レティシア嬢の魅力《みりょく》ついて事細かに語りましょうか？」

レイノルト様はまるで心の内を見透《みす》かすように、下からそっと覗《のぞ》き込んできた。

「え、遠慮《えんりょ》します！」

その眼差しはとても柔《やわ》らかく、でも真剣《しんけん》な瞳《ひとみ》だった。

「今日戦う貴女《あなた》は、ただ美しいだけでなく誰《だれ》よりも凛々《りり》しい女性でした。矜持《きょうじ》を守り抜こうと奮闘《ふんとう》する姿は、会場内で最も高潔でしたよ」

「最後まで見ていらしたんですか」

「もちろんですよ。手紙に書かれた通りでしたね。表情も所作も完璧《かんぺき》でした」

「……ありがとうございます」

「本当に、お強くなられましたね」

「まだまだです……足りないものが多くて」

扇子《せんす》を使わなくて済むくらい、もっと練習を重ねないといけないと感じた。

俯《うつむ》きながら答えると、レイノルト様は優しく私の頭を撫《な》で始めた。

「よく頑張《がんば》りました。今できる最大限のことを、レティシア嬢はしたと思いますよ」

その一言は、戦いが終わっているのに続いていた体の緊張《きんちょう》をといてくれた。

「だからどうか、ご自分を責めないでください。今日の貴女は文句のつけようのない、素晴らしい淑女《しゅくじょ》だったんですから」

「……はい」

気張っていた気持ちが段々とほぐれていく。安堵《あんど》からか小さな涙《なみだ》が流れた。

(何で泣いているんだろう……泣く理由なんてないのに……疲《つか》れかな)

涙が出る原因も理由もわからないまま、涙はあふれていく。止めようと拭《ぬぐ》うのに、感情のコントロールが追い付かず、こぼれていく。

「……おいで」

その涙を隠すように、レイノルト様は私の手を引くと自身の胸に抱《だ》き寄せた。頭に乗せていた手は頭を触れなおし、もう一つの手は背中へと回された。

「好きなだけ流してください。ここには誰もいませんから、流した涙は私達だけの秘密です」

そう言われて、ようやく自分の心が戦い終えてボロボロになっていたことがわかった。

優しい声色《こわいろ》に心底安堵しながら、抑《おさ》えきれなかった涙をこぼすのだった。

「お疲れ様、レティシア」

そう耳元で呟くと、落ち着かせるように何度も頭を撫でてくれる。

少し経《た》つと、顔を離《はな》して私の頬《ほお》に触《ふ》れた。

「大粒《おおつぶ》の涙ですね」

「み、見ないでください……こんなみっともない姿」

まだ涙は止まらず、こぼれ落ちたものをレイノルト様が指先で掬《すく》い取る。

「みっともないだなんて。こんなに可愛《かわい》らしいのに」

「からかっているんですか？」

「まさか。ああ、そう膨《ふく》れないでください。可憐《かれん》さが増してしまいますよ？」

「増しませんよ、こんなに酷《ひど》い顔なのに」

レイノルト様の言葉を理解できず、思わず本音をこぼす。

「……こんなに人を愛《いと》おしいと思ったのは初めてです」

「何か言いましたか」

小さく呟《つぶや》かれたその声は風に遮《さえぎ》られた。

「何でもありませんよ」

「誤魔化すってことは……悪口ですか」

「違《ちが》いますよ。レティシア嬢が愛らしいと言ったのですが……やはり詳細《しょうさい》に語りましょうか？」

「だ、大丈夫《だいじょうぶ》です」

「ふふ」

「うう……レイノルト様、なんだか今日は意地悪ですね」

せめてもの抗議《こうぎ》のつもりでレイノルト様の方を頑張って睨《にら》む。

（練習の成果をここで発揮してやる）

「……睨み方、お上手になりましたね。残念ながら今は涙が相まって、純粋《じゅんすい》な瞳に見つめられている気分ですが……もう目の悪い人という言葉は全く似合いませんね」

「それ褒《ほ》めているんですか？」

「もちろん」

返って来た言葉に納得《なっとく》できずにじっと見つめるものの、まぁいいかと思い直して視線を外した。

そんなやり取りをしている間に、涙は乾《かわ》いていく。そして現実に思考が戻《もど》っていった。

「あ、す、すみません。いつまでも」

「謝る必要なんてありませんよ。いつでも胸なら貸しますから、遠慮しないでください」

冷静になると、恥《は》ずかしさを感じて一歩後ろに下がった。

「……ありがとう、ございます」

（うわぁぁあ……は、恥ずかしいことを）

自分の行動に理解が追い付くと、途端《とたん》に恥ずかしさが込《こ》み上げてきて頬を熱くした。

そんな姿さえも柔らかい笑みで見守るレイノルト様は、無駄《むだ》のない動きでバルコニーにあるベンチへと移動して座《すわ》った。もちろんエスコートを忘れずに。

「それにしても良かった。今日レティシア嬢とお話しすることは諦《あきら》めていたんです。人目があることはもちろん、レティシア嬢の邪魔《じゃま》になってはいけないでしょうから」

「邪魔になんてなっていませんよ。今もこうして……その、労《ねぎら》ってもらったので」

（ちょっと意地悪だったけど）

そんな意地悪など些細《ささい》なことで、レイノルト様が最初から最後まで繊細《せんさい》に気遣《きづか》ってくれたことを噛《か》み締《し》める。抱き締められる形で泣いていたことを再び思い出すと、下がり始めていた頬の温度は元に戻ってしまった。

「力になれましたか？」

こてん、とほんの少し首を傾《かたむ》けながら聞く姿に可愛いという印象を受ける。

「とても」

私の答えに安堵するとレイノルト様は笑顔になった。今日のパーティーに登場した時の作り物の笑顔とは比べ物にならないほどの美しい笑みに、何故《なぜ》かいつも以上に心を引き付けられた。

「パーティーは抜《ぬ》けても平気でしたか」

「あ……ベアトリスお姉様が、絶妙《ぜつみょう》なタイミングで送り出してくれたので」

「ベアトリス嬢《じょう》が……なるほど」

不安が取り除けたのか、笑《え》みがさらに深まっていく。その笑顔は、夜空が美しい背景となったことで、より一層輝きが増していた。

それを見て、あることを思い出す。

「それで……レイノルト様。お渡《わた》ししたいものがあるのですが」

「渡したいもの……」

頷《うなず》くと急いで袋《ふくろ》を取りに行った。大事に両手で抱えながらレイノルト様の下《もと》へと戻る。

「お礼の品です。よろしければ」

「ありがとうございます……！」

紺色《こんいろ》の袋から取り出したのは、綺麗にラッピングが施《ほどこ》された箱。それをレイノルト様に渡しながら話を続けた。

「はい。以前お伺《うかが》いした時、手作りのものが良いと」

「言いましたね」

「それで色々と悩《なや》んだのですが、これが一番かと思いまして」

「……開けてみても？」

「もちろんです。……その、不出来ですけど」

レイノルト様の反応に緊張しながら、ほどかれていくリボンを見つめる。

手作りという要求を受けた時、初めは困惑《こんわく》し長時間悩んだ。最悪の場合手作りのお菓子《かし》という手があったが、立場上トラブルに繋《つな》がる可能性もある。それにお菓子だと、消えてしまう。なんとなく、形に残るものを贈《おく》りたかった。

そうして選んだのが、手作りスノードームである。

「……これは」

「せっかくなら思い出の品が良いと思いまして。頑張って作ってみました」

「綺麗《きれい》ですね」

「何をモチーフにするか悩んだのですが……わかりますか？」

「……夜空、ですか？」

「はい。せっかくなら貰《もら》い手であるレイノルト様をモチーフにしようと思って」

「夜空は何故？」

「私の第一印象なんです。とても素敵《すてき》な髪色《かみ》が、今でも印象に残っていて」

「そうだったんですね」

少し気にするように自分の髪に触れる姿を微笑《ほほえ》ましく思いながら、説明を続けた。

「以前一緒《いっしょ》に目にしたスノードームは雪が降るものでしたが、今回は星が降る様もイメージして作りました。スノードームをこちら側と向こう側で分けてみました」

「なるほど、だから仕切られているんですね」

「そうなんです」

半分より手前側には、二人の思い出にある雪のスノードームを。反対側には私が描《えが》いたレイノルト様を表現した夜空の星降る様を。

レイノルト様の反応を恐《おそ》る恐る見ながら、様子を窺《うかが》った。

「なるべく、男性が持っていても不思議ではない装飾《そうしょく》とデザインにしたのですが……」

「凄《すご》く嬉《うれ》しいです……。こうして形の残るものを頂けることが、本当に嬉しくて……胸がいっぱいです」

「……喜んでいただけて何よりです」

初めて見る喜び具合に思わず笑みがこぼれる。それが作り物でなく本心だということは雰囲気《ふんいき》ですぐに感じ取った。それと同時に、想像以上の反応を貰えたことにこちらまで嬉しくなった。

「……絶対に家宝にしますね」

「家宝……？　そんな価値のあるものじゃないですよ、スノードームって……。金箔《きんぱく》とかが入っているわけでもないので。でも……飾《かざ》っていただけると嬉しいです」

「もちろんです」

最大級のお世辞に驚《おどろ》きながらも、嬉しさを隠《かく》しきれなくて思わず本音がもれてしまった。

ひとしきり眺《なが》めると、箱の中へと丁寧《ていねい》に戻していく。大切そうに袋に入れる姿を見ていると、なんだかにやけてしまう。

「そう言えば……ここでも音楽は聞こえますね」

「そうですね。バルコニーと言っても、敷地内《しきち》ですから」

「……それなら、レティシア嬢」

「はい」

名前を呼ばれたので、にやけていた顔をバレないように一瞬《いっしゅん》で元に戻す。

「一曲私と踊《おど》っていただけませんか」

不意打ちで誘《さそ》いの手が差し伸《の》べられる。突然《とつぜん》のことに驚いたものの、前回とは違って答えに悩むことはなかった。

「……喜んで」

手を取ると立ち上がり、バルコニーで誰《だれ》にも見られない秘密のダンスを行った。

以前踊った時は、早く終わらないかな、などとマイナスなことを考えていた。けれど今日は、むしろ終わってほしくないと思うほど、踊ることが楽しかった。

（……ダンスが楽しいと思うことなんて無かったけど、不思議）

今まで面倒《めんどう》に感じていたダンスは、レイノルト様となら楽しめることを知った。

（……目が合うと緊張《きんちょう》する）

レイノルト様と目が合う度《たび》、先程《さきほど》までのやり取りが頭に浮《う》かんで赤面してしまう。

どうにか思い出さないように、気持ちを制御《せいぎょ》しながら頑張《がんば》った。

「……レティシア嬢」

「はい」

踊り終えると、手を離《はな》して向き合った。

「私は貴女《あなた》の全《すべ》てを愛《いと》おしく思っています。もし貴女の中に少しでも私がいるのなら、貴女の傍《そば》にいさせてくれませんか。誰よりも近い場所で、貴女を守りたいんです。触《ふ》れられる距離《きょり》で支えたいんです」

「……！」

レイノルト様は私の片手を優《やさ》しく取ると、本心を告げた。

その申し出に、思わず息を呑《の》んだ。

じんわりと目が熱くなる。

眼差《まなざ》し、声色《こわいろ》、動作全てから本気であることは明らかだった。

「あ……」

（…………どう、しよう）

レイノルト様の言葉の意味は理解できた。ただ、唐突《とうとつ》に告げられたその想《おも》いに、どう応《こた》えるべきかわからなかった。何か言わなくてはいけないのに、自分の確定的な気持ちが見つけられない。混乱して思わず下を向いてしまう。焦《あせ》りが積もり始めた時、レイノルト様

はもう一度落ち着いた声色で私の名前を呼んだ。

「レティシア嬢」

「……はい」

ゆっくりと顔を上げると、いつもと変わらない優しい笑みを浮かべる彼がいた。

「大丈夫《だいじょうぶ》です。答えは今でなくても」

「……！」

その言葉に驚きを隠せず目を見開くと、レイノルト様は一息おいて続けた。

「ただレティシア嬢、貴女に……どうしても好きだという想いを伝えたくて、言葉にしました。知っていて欲しい、その一心で。ですので、答えは急いでいません」

「レイノルト様……」

決して押し付けず、私への配慮《はいりょ》を忘れない。その言動はとても温かなもので、胸の中にじんわりと広がる。抱いた安堵のおかげで、込み上げていた不安が涙として散った。ここまで真摯《しんし》に伝えてくれたレイノルト様に対して、自分もありのままの気持ちを言葉にしようと気持ちが動いた。

「お気持ちは嬉しいのですが……まだ自分の気持ちが、わからなくて。明確な答えが見つけられずにいます」

（こんなぼんやりとした答えじゃ、がっかりさせてしまうかもしれない。……もしかした

ら、嫌気《いやけ》がさしてしまうかも）

はっきりとした答えが返せないことに申し訳なさと、漠然《ばくぜん》とした不安を感じながら言葉にした。

私のなんとも言えない答えのせいで沈黙《ちんもく》が流れるかと思ったが、レイノルト様は笑《え》みを深めて言った。

「ありがとうございます、教えてくれて」

「いえ……曖昧《あいまい》なことしか言えなくて」

「そんなことはありません。答えがまだ決まっていないのなら、私にまだ機会はあるということですから」

「！」

思いもよらぬ言葉に驚くと、真剣《しんけん》な眼差しで話した。

「レティシア嬢《じょう》の答えを曖昧でなくするのは、私の役目です。貴女に振《ふ》り向いていただけるよう、最善を尽《つ》くします」

真剣な眼差しの中には、確固たる意志が含《ふく》まれていた。一度区切ると、その強い視線で言葉をさらに紡いだ。

「……それと、私は何があっても、レティシア嬢の味方であるということを忘れないでください。これから先、貴女が向かう道が困難なものでも、私は必ず傍にいます。応援《おうえん》し続けます。だから……安心してください」

優しくも力強い言葉は、私の中にあった不安を跡形《あとかた》もなく消してくれた。胸が感動で震える中、その優しさに応えるように、口を開いた。

「ありがとうございます、成長した姿を見せられるように頑張ります」

笑みを浮かべて言うと、一度目を閉じて気持ちを落ち着かせ、視線をもう一度合わせた。

「そしていつか……この先で、レイノルト様への答えを見つけたいです」

レイノルト様に自分の中にある今の思いを全て届けた。

優しい瞳《ひとみ》に見つめられて、伝わったと言うようにレイノルト様は頷いた。

心強い温《ぬく》もりを感じながら、矜持《きょうじ》を守り続けるために、キャサリンに挑《いど》み続けることを星空の下《もと》で誓《ちか》ったのだった。

(次は絶対に負けない)

打倒《だとう》キャサリンを胸に掲《かか》げて、これからも作り上げられた悪評など気にせず、挑み続けることを胸に刻むのだった。

あとがき

皆様《みなさま》こんにちは。作者の咲宮《さきみや》と申します。

この度《たび》は、本作をお手に取ってくださり誠《まこと》にありがとうございます。

このお話はもともと小説投稿《とうこう》サイト『カクヨム』にて連載《れんさい》していた作品です。想像以上にたくさんの方に読んでいただき、皆様に応援していただいたおかげで、一冊の本にすることができました。心より感謝申し上げます。

イラストはあのねノネ先生が、秘《ひ》めたる強さと愛らしさを兼《か》ね備《そな》えた美しいレティシアと、大人の色気と余裕《よゆう》のあるかっこいいレイノルトを、非常に魅力《みりょく》的に描《えが》いてくださいました。本当にありがとうございます。他《ほか》にもデザイナー様、印刷所の皆様、校正様、この本に携《たずさ》わってくださった方々に深く感謝申し上げます。

担当様には、たくさんの助言とサポートをしていただき、書籍《しょせき》として形にすることができました。感謝してもしきれません。心より御礼《おれい》申し上げます。

レティシアの成長記でもある本作を楽しんでいただけたなら、私は胸がいっぱいです。

咲宮

BEANS BUNKO

「姉に悪評を立てられましたが、何故か隣国の大公に溺愛されています
自分らしく生きることがモットーです」の感想をお寄せください。

おたよりのあて先
〒102-8177　東京都千代田区富士見2-13-3
株式会社KADOKAWA　角川ビーンズ文庫編集部気付
「咲宮」先生・「あのねノネ」先生
また、編集部へのご意見ご希望は、同じ住所で「ビーンズ文庫編集部」
までお寄せください。

姉《あね》に悪評《あくひょう》を立《た》てられましたが、何故《なぜ》か隣国《りんごく》の大公《たいこう》に溺愛《できあい》されています
自分《じぶん》らしく生《い》きることがモットーです

咲宮《さきみや》

角川ビーンズ文庫　23719

令和５年７月１日　初版発行

発行者――――山下直久
発　行――――株式会社KADOKAWA
〒102-8177　東京都千代田区富士見2-13-3
電話 0570-002-301（ナビダイヤル）
印刷所――――株式会社暁印刷
製本所――――本間製本株式会社
装幀者――――micro fish

本書の無断複製（コピー、スキャン、デジタル化等）並びに無断複製物の譲渡および配信は、著作権法上での例外を除き禁じられています。また、本書を代行業者等の第三者に依頼して複製する行為は、たとえ個人や家庭内での利用であっても一切認められておりません。

●お問い合わせ
https://www.kadokawa.co.jp/（「お問い合わせ」へお進みください）
※内容によっては、お答えできない場合があります。
※サポートは日本国内のみとさせていただきます。
※Japanese text only

ISBN978-4-04-113835-9 C0193 定価はカバーに表示してあります。

◇◇◇

©Sakimiya 2023 Printed in Japan